我的青春臺灣
我的青春香港

わが青春の台湾

わが青春の香港

邱永漢——著　蘇文淑——譯

首位臺裔直木賞作家邱永漢親筆自傳,
見證臺灣的動盪與希望,書寫青春的革命與夢想。

目錄

我的青春臺灣

我的青春香港

我的青春臺灣

兩個母親

離家出走，跑去跟父親同居的母親

一九二四年出生時，我有兩位母親。在認同一夫多妻制的當時候臺灣，妻妾同住在一個屋簷底下，各自生的小孩圍著同一張桌子吃飯雖然不是什麼罕見的光景，不過我家情況稍微有點不同。因為我母親是久留米市出生的「內地人」（當時臺灣人這樣叫日本人），而我父親不但是個臺灣人，還已經結婚了。

父親邱清海跟母親堤八重到底是怎麼樣認識的、又是怎麼樣走到了一塊，這我當時還沒出生，並不清楚，不過我不難想像，畢竟我父親年輕時可是個很愛打扮的瀟灑哥。說他注重打扮，那種情況不是我們今天容易想像的。我出生時，我父親已經過了四十歲了，所以在我認知中他當年已經是個中年男了。

他很討厭穿皮鞋、打領帶，所以雖然穿西褲，但皮帶是用我媽的和服腰帶替代。漢人的唐裝衫褲前方沒做開口，很不方便，如果不綁腰帶，只把前方壓住反折，很容易就會鬆掉。至於外套，他通常穿唐裝外衫，因為西裝或是西服的外套肩膀處很緊。夏天除了麻料之外，他還會穿一種叫做竹紗的薄絹。釦子不用傳統布釦，改縫西式鈕扣。說他有多瀟灑呢，他冬天的衣物，甚至還會特地叫人去和服店買用於羽織[1]的內襯，織了山水圖案的絹料，來縫在他的唐裝裏面當內襯。

不但穿著上看得見他的創意，他還會把懷錶用長長的金鍊子繫在腰帶，塞進右側褲子口袋裡。還有他嫌皮鞋不合他的腳，所以愛穿日本草履。仔細想想，他那一身打扮既不像臺灣人也不像日本人，以今天的話來講，算是非常潮了，當年他那副打扮，完完全全是個創意魔人。他那種特質，現在我家老二繼承了下來，我家老二連續兩年拿下了影像藝術大賞的首獎，他也從來不會穿得符合社會常識，真是沒想到隔代遺傳會在這種出人意表的地方出現啊。

我父親除了會穿成那樣，他出門前還會先在手帕噴香水，拿噴了香水的手帕擦擦脖子呀、擦擦手腳的。全身香水味當然令人不敢恭維，不過反正他就那樣大老遠就聞得到他香水味，一到了夜幕落下，便出門跟朋友們吃吃喝喝，上酒家尋樂。我是長子，上頭有個姊姊，下頭又接著是兩個妹妹，所以特別受寵，父親時不時就帶我一起出門赴宴。他們大人在酒席上划拳喝酒的時候，酒家女們就用她們自己的牙齒幫我嗑瓜子，把瓜子殼裡的西瓜籽堆在小碟子上，

1　羽織：長及臀部的日本和服外套。

堆得跟小山一樣。

我出生的臺南市是個人口十二、三萬人的歷史古都，市區裡有家可以搬演戲劇的小劇場，叫做宮古座，還有一家電影院叫做世界館。父親如果出門赴宴後還要去續攤，就會找個人幫忙把我送回家。他如果不去續攤，就會讓我陪著去看電影，而且他三天兩頭就看，所以我小學時就已經知道林長二郎（長谷川一夫）、嵐寬壽郎、山田五十鈴、鈴木澄子、逢初夢子這些名字了。

現在稍微回想一下，父親當年似乎還滿有女人緣的。他雖沒念過幾天書，也不是什麼名門望族出身，但他很幸運有做生意的長才，年紀輕輕地就在臺南市西門市場做起了生意。那時候的臺南市有個步兵第二聯隊，我父親就專賣些蔬果給聯隊當伙食。那份生意的門路究竟是他自己找來的，還是我母親的內助之功，這我當年忘了問了，但總之，我們家就靠著那門生意，過起了比一般上班族家庭優渥許多的生活。

我母親是在同一個西門市場裡的某家牛肉店的長女。不過這稍微需要說明一下。那家牛肉店的老闆——我外公安武捨次郎是在日清戰爭後，北白川宮能久親王為了接管臺灣而從澳底上陸時，搭乘第一艘船進入臺灣的下士官。為了獎勵他的功勞，定居臺灣時便給了他三百町步[2]土地開墾。那片土地位於臺南市稍微往北一個叫做「新化」的地方。我外公就在那邊開墾了一片牧場，從日本運來和牛，做起養育和牛的生意。母親的親生父親是一位叫做堤辰次郎的麵粉店老闆，在女兒一出世後便過往了，所以我外婆就帶著我母親再嫁安武家。

外婆在嫁入安武家之後又生了三女一男，不過她還是讓拖油瓶我媽去內地唸了東京女子高等商業學校，接受專門教育。母親在回到了臺南市後，就待在家裡幫忙生意，不知幸或不幸，就這麼認識了我那位瀟灑父親，大概就那樣被

2　一町步約〇．九九一七公頃。

我父親的花言巧語給拐了吧？

「竟然跟臺灣人在一起，真是不像話！而且竟然還是個有婦之夫！」——這應該就是當年安武家的氣氛吧？最後我母親被她父母親給斷絕了關係，離家出走去跟我父親同居，那是差不多大正七、八年（一九一八、一九一九年）的時候。

臺灣的戶口法與日本的戶籍法

當時我父親已經有了太太，只是他們兩個人之間沒有小孩。這種時候，日本人會離婚再娶，可是中國人（包含臺灣人）的意識裡頭，會覺得拋棄跟自己有過緣分的女人太無情，不如一輩子留在身邊照顧。不過當然我母親那種內地人是不會接受這種事的，可是她也有弱點，沒辦法。因為當時雖然她跟我父親在一起了，他們兩人並沒辦法結婚，因為當時的日本戶籍法跟臺灣戶口法並不相通，日本人跟外國人結婚後可以轉換成外國籍、外國人也可以歸化入日本籍，但是日本內地戶籍的人跟殖民地的人結婚，在法律上並不被承認。

後來我去東大經濟學部唸書的時候，上民法課時，穗積重遠教授在台上聊天似聊起：「有一次法學院裡有一個臺灣出生的學生，因為要跟內地女人結婚，就找了我去當媒人。我在婚禮上他們兩個人還比肩而立的時候，我就說了，今天這兩個人雖然辦了婚禮，可是法律上，他們並不是真正的夫妻，將來他們也不能變成夫妻。為什麼呢，因為戶籍法與戶口法都有不完善之處，他們兩個人都沒有辦法入對方的戶籍。」那時候台下其他學生大概都聽得一愣一愣，但我立刻就心領神會，啊，這說的就是我父母親那年代的狀況嘛。

不過法律上雖然沒辦法正式結婚，但同居、生小孩是沒問題的，只是要報戶口時，由於法律上不是夫妻，只能以其中一方的名義去申報。我姊姊出生後，我母親決定把我姊姊留在邱家離家出走。可是孩子生了出來後發現不是那麼容易說走就走，可能我父親也發動了三寸不爛之舌吧，總之就那麼拖拖拉拉，等我也出世後，她已經深陷泥沼之中走不了了。我跟我大姊之間還有一個姊姊，但她小時候得了痢疾夭折。之後我母親又生了四個妹妹、四個弟弟，總共生了十個。

我姊還有我出生時，家裡頭都為了到底要入父親的戶籍，還是母親的戶籍而吵架。當成我母親的小孩報戶口的話，我們就是私生子了。但當成我父親的小孩報戶口，就得歸在我另一位母親的名下。由於邱家沒有小孩，最後我跟我姊都被當成了我父親與我們另一位母親——陳燦治的孩子去申報。不過把我們以「邱」這個姓氏去申報的話，以後我跟我姊就會被當成臺灣人對待，不但受教育的時候會有區別，將來出了社會後想來應該也沒有機會出人頭地，所以我母親雖然讓我以邱家繼承人的身分入了臺灣籍，但我底下的妹妹跟弟弟則全部都當成她自己的私生子，入了母親在福岡縣久留米市東町的戶籍，並依序取名為孝子、笑子、稔、壽榮子、裕、淳、剛、慶子，全部都是日本名字。

結果大家雖然在同一個屋簷底下長大，同一個父親、同一個母親，可是我們十個兄弟姊妹裡頭就只有我姊素娥跟我炳南（永漢是我後來當了小說家後自己取的名字）是本島人（當時這樣叫臺灣人），其他從我底下開始的妹妹、弟弟們全都是內地人。就只有這麼一點不同，卻造成了我們人生要受到全然區別的待遇。不過那區別，就是去上學還有外頭社會給我們的差別待遇，在家裡頭，我們就是很一般的兄弟姊妹，遵循長幼有序的社會規範。甚至我母親擔心底下的小孩將來會不聽上頭的話，從小便護著我們這兩個做哥哥姊姊的，就算我們霸道一點，她也從來沒有在我弟弟妹妹面前罵過我這個做哥哥的。

俗話說生恩不如養恩大

我母親雖然是內地人，但她從來不會用內地人高高在上的姿態對待我父親，不僅如此，她還覺得自己既然嫁了個臺灣人，就該穿臺灣衫、講臺灣話，只有在小孩子學校的家長參觀日時才會換上和服。一方面也是臺南市這種熱帶地區，穿臺灣衫比較不會渾身汗。她的臺灣話一輩子都帶著日本腔，但是能講臺語講得那麼流利的日本人可以說是沒有的，所以相當引人側目。

我母親對於小孩子的教育也很用心，她說：「錢什麼時候都可以存，但受教育是有年紀限制的。我也沒辦法給你們留太多財產，但就算吃得省一點，我也會讓你們去唸書。」所以除了我某個不管怎樣就是不想唸大學的弟弟之外，我們家所有小孩都唸了大學。戰前日本，就算男孩子也不是那麼容易可以去上大學的，在那樣的時代裡，我母親居然送我姊跟我妹去唸了目白的日本女子大學、讓我唸東大、我弟唸臺北的高等學校，我們家同時有四個小孩子都離家唸書。我們住的房子很破爛，雖然吃食上很敢花錢，但不管怎麼看我們都不是什麼富豪人家，這樣的家庭竟然同時送四名子女去唸內地的大學跟臺北的高校，一時在鄉里之間傳為佳話，連當時臺南州的內地人助役[3]都特地跑來我家問我母親：「請問您是怎麼籌措學費的？」。我們的生活絕不富裕，但多虧了我母親運籌得當，學費就這麼擠出來了。

我母親出生在商家，她自己也去唸過高等商業學校，很有生意頭腦，不但幫忙另一半做生意，她自己也開了家店，賣毛線跟手工藝用品。大家可能覺得臺南那種熱帶城市怎麼可能會有人買毛線？其實還不少呢！住在那種熱帶地區，人體為了順利排汗，身上毛孔總是大開，這時只要稍微吹起了一點涼風，

3　助役：日治時代役所的助理職員。

每個人就直喊冷哪、冷哪，趕緊套上毛衣。針對這些人還開了編織教室，毛線賣得嚇嚇叫。小時候有時有客人上門，我還得充當小店員。外面的人都以為我們幾個小孩是毛線店的孩子，但其實我家後面還連著另一片房子，在那兒種了洋蔥哪、馬鈴薯之類的，加工成食材，供應給步兵第二聯隊。洋蔥跟馬鈴薯會先去皮，方便兵隊裡頭的人料理。我家還有很大的鍋子用來做福神漬，送進軍營。我們家能把我們送去東京之類的地方唸書，學費就是從這後頭的收入來的。

由於幾乎每天都要大量採購蔬菜，我父親買菜是用大量預購的方式購買。颱風來的話，似乎會影響收成，我還記得每年差不多到了二百十日[4]的時候，父親就常常半夜爬起來對著天空一臉憂鬱地看。我母親就幫著這樣的他，每個月寫帳單跟請款單。他們兩個差不多會每半年一次一起盤點庫存、查一下自己到底有多少財產。我母親顯然比我父親節省得多，多虧了她，父親生意才做得下去。我母親很有經濟觀念，我們家從木屐到衛生紙等等日用品，都是每年趁著盤商年頭第一次出貨大打折時，一次就買足一年的份量，所以我家櫥櫃抽屜裡永遠都塞滿了備用品。我看我那些小學時候朋友的家，大部分都是公務員、警察或老師，人家都是去福利中心簽帳買日用品雜貨，之後再從薪水裡面扣掉，只有我家全部都是拿現金買。

「人花錢，不能不知道自己口袋裡有多少錢。每個月一到了發薪日就大大方方亂花，等到了月底只能吃蕎麥麵，什麼料也不能加，那種花錢方式最糟糕了！」

以前母親常這樣子告誡我們小孩子。我想母親也不是真的特別有理財才能，只是她在我們的教育上真的很用心。拜此所賜，我們兄弟姊妹才有今天。

4　二百十日：從立春數起的第二百一十天，約九月一日或二日，日本的颱風季時。

不過我小時候真的很討厭我生母，因為她對於我們幾個小孩實在是太嚴苛了。而且每次只要有不順她心的事，就會歇斯底里地把氣發洩在我們身上。夏天臺南時常突然下陣雨，一下起雨來，好不容易快曬乾的衣服又要濕掉，所以得連著竹竿趕緊把衣服全收進來。有時候收衣的時候不小心去撞到了頭呀或什麼，衣服一沾上點髒污，我母親又要抓狂罵我們。有一次，正在唸小學的我看見我母親慌慌忙忙把衣服收進來，趕緊側開身子怕撞到她，沒想到這一側，卻去撞到了旁邊的蜜蜂罐，整個罐子碎得亂七八糟。我媽一看，氣得抓起雞毛撢子，反著拿猛往我身上招呼。我被打得哭出來，拔腿就衝去住在另一棟屋子的另一個媽那狂哭。我又不是故意的，卻那樣打我，真不敢相信那是自己親生母親。我年紀雖小，卻暗暗憎恨自己的生母。

我另一個媽，我父親的另一個太太，身高不足五尺，雖然個頭不高，卻是非常溫柔、非常美好的一個人。她具備了我生母所沒有的所有美德，煮得一手好菜，我們每天吃食都是這個媽親手張羅好，讓女傭送到我們店裡這邊的飯廳來。我們幾個兄弟姊妹全都跟這個母親很親，尤其是我，有事沒事就窩在廚房裡，幫忙殺雞抹脖、把食用蛙的內臟挖出來、磨動做蘿蔔糕的石臼等等。後來我寫《食在廣州》那些飲食隨筆所需要的知識，都是當時在那廚房裡頭學來的。

這個母親矮歸矮，卻有一頭烏溜溜又豐美的秀髮。她一把綁髻放下來，髮長及地。人家中國人說「髮長命不好」，我這個母親的命，就是薄到了地面上似那麼薄。我父親跟我生母走在了一起的時候，沒跟這母親分開，但是讓她搬去了另一棟屋子。這種作法在當時的臺灣並不罕見，可是我想，我這母親的心底應該是很鬱悶的。但是她也沒別的謀生能力，只能接受。我父親根本就不會過去找她，每年只有農曆年時會去她那邊過夜，但那種時候，我生母都非常不悅。妻子這種存在，一個就夠令人頭大了，要是有兩個以上，我看無論哪個男人都輕鬆不起來。

我家做生意的地方就在她那棟屋子，所以我父親每天都會過去，但是他怎樣就是不會走到那後頭去。這個拿得到生活費卻得不到另一半關愛眼神的女人，於是把她全部的愛情全都灌注到我們幾個小毛頭身上。一方面也是因為她自己沒生，所以把我們幾個小孩當成她自己親生的一樣疼。我生母過世的時候，我收到了消息沒哭，但我在東大收到我這母親走了的消息時，我真是哭得無法自己。人家說生恩不如養恩大，我對這句話有非常深刻的體會。

初嚐差別待遇

好吧，生長在這樣一個複雜家庭裡的我，也成長到上學的年紀了。我先前也講過，我母親對教育很用心，所以她先讓我去上了幼稚園。臺灣當時的國民學校，分成了小學校跟公學校。小學校是讓日本內地來的內地人子女唸的，公學校則是給本島人子女唸。我這個本島人小孩本來應該要去唸公學校，但我母親動用關係，把我送進了內地人去的臺南市南門小學校。當時有所謂「內臺融合」，每個班級會保留五個名額給一些在地的土豪劣紳或本島人中的有力人士的小孩去跟內地人一起唸書。我那時候一年級的導師，是一位叫做藤井的女老師。二年級到五年級，則是一位叫做中村的男老師。我在智力發展上似乎比較慢，我一～三年級的時候，成績完全不起眼，但不曉得怎麼回事，一升上四年級，突然嶄露頭角，成績慢慢爬升到足以角逐班上前一、二名的程度。小孩子都很單純，於是選班長時，我就被選成了班長，另一位叫做岩本的內地小孩則被選成副班長。我們班導中村老師一看，哎呀這不得了，內地人被本島人指揮？這怎麼行？大概是這樣，她就擅自把我降成了副班長，把原本是副班長的岩本調升成班長。這就是我上學後所嚐到的第一次差別待遇的滋味。不過不是僅此一次，而是開啟了往後各種差別待遇的開端。

升上了六年級，班導改成了藏原老師，他是一個非常嚴格的人，在學校裡人見人怕，不過他也是個對教育非常有熱忱的老師。我們一升上了六年級，就有個全部四班一起合考的模擬考，男生兩班、女生兩班。全部差不多共有兩百二十個人的大考中，就只有我一個人國語（日本語）跟數學都拿到滿分。於是藏原老師就把我叫去教職員室，叫我請家長去學校一趟。我回家跟我母親說了，我母親以為是我有什麼事害她要被叫去罵了，心情七上八下地跑到了學校一談，老師的目的竟然是要跟家長商量，說邱同學成績很優異

南門國小六年級時。

呀，要不要讓他去唸臺北高等學校的尋常科（中學部）呢？

臺北高校的尋常科，在當時是臺灣數一數二的頂尖名校，全島小公學校的第一名跟第二名加總起來總共四百人裡，只有其中的四十人可以擠進那個窄門。我這個本島人代表南門小學校去考那間學校，是非常光榮的事，所以我母親當然二話不說就答應，但是我父親就不見得有那麼好說話了。因為他其實想讓我去唸臺南的商業專修學校，等一畢業就可以供他使喚，當他幫手。但是要是這節骨眼上輕易答應讓我去唸了臺北高校尋常科，高校畢業後可以免試直升高等學校，接著又要唸大學，那原本三年就可以回家使喚的兒子，這麼一來要十年以上才會回家了。我父親認為書唸得再多也不可能出人頭地，也不見得就可以多拿一點錢回家。

不過我母親硬是堅持了下來。從隔天便開始讓我特訓。不管哪間小學校，一升上六年級，除了準備升學考試的正常課程外，晚上六點到七點還有課後輔導，我的情況則是在上完了課後輔導後，還會被帶去老師家單獨特訓到深夜十一點為止。我母親不喜歡讓我吃冷掉的便當，所以白天跟晚上都會差遣傭人幫我送熱騰騰的便當去學校，而且她還會等我回家才睡。

但即使接受了這麼嚴格的特訓，也沒有人覺得我真的考得上。因為所謂四百個考生裡有四十個人考得上只是表面上的說法，事實上，四百個考生裡，的確是內地人跟本島人各半，但是考上的考生有三十五個是內地人，只有五個名額給本島人。所以任憑我如何優秀，也沒有人真的覺得我能從這集結了所有本島學生前二名的兩百名裡頭，擠進前五名。但沒料到，我就真的考上了！年頭出生，比同年齡小孩提早入學，年僅十三歲、考試號碼十三號的我，在母親陪伴下，生平第一次上去臺北，在一間氣派得完全不是我們那邊小學校能與之相比的教室裡頭考試。我是很鎮定啦，但我媽怕我太緊張，考試前特地從她胸口拿出了藥丸偷偷塞給我說：「你吃這個，比較不怕！」是幾顆救心藥丸，我覺得我母親才是該吃的那個人吧。不過這種只有安心效用的小伎倆也幫上了點忙，後來《臺南新報》漢文版以「秀才」兩字介紹我。我爸當時看著那報紙笑話我：「你這種死小孩，算什麼秀才啊——！」他腦袋裡的秀才是人家那種清朝時考上科舉的——狀元、榜眼、探花、秀才，分成了好幾等級，清朝時代的科舉菁英，就算只是個吊車尾的秀才，也是鄉下地方轟動鄉里的一大事件，但我這種，就真的是很沒什麼斤兩的秀才了，不過當時父親臉上那笑容，直到今天依然烙印我心底。

再講一件事。比我小五歲的我下頭那個弟弟，一升上六年級後也是跟我一樣，

臺北高校尋常科入學時。

代表臺南小學校去臺北參加臺北高校尋常科的考試。也考過了。還有我姊跟我底下那個妹妹，從臺南一女畢業後，立刻進了日本目白的女子大學家政科，尤其我妹還代表了全體畢業生在畢業典禮致詞，所以大家都讚譽我家是秀才一家。但我想我得幫自己講句話，我弟弟堤是內地人的身分，他擠進的「窄門」根本是兩百名錄取三十五名的「寬敞大門」。我們兄弟兩人，做哥哥的跟做弟弟的還是高下有別，是不是？就只是想說這麼一句而已。

秀才變身文藝青年

因為是擠了這樣的窄門進去的，我入學後，發現所有擠進了窄門的本島人都是秀才。每次拿下第一、二名的都是本島人，第三名才輪得到內地人的情況稀鬆平常。不過本島人成績再好，也會被以不用當兵之類的理由扣分數，軍事課只拿了五十九分或是體操、音樂被扣分，所以為了維持第一名的成績，其他科目一定要全部滿分或是頂多只能被扣一分。我也是這樣的情況。不過考上了尋常科後過了兩年，我沾染上文學病，後來開始寫詩啊、短篇小說啊，最後愈病愈嚴重，竟然發行起了個人刊物《夜來香》。

喜愛文藝的學生發行個人的油印版刊物不是什麼稀奇事，不過我的是和紙活版印刷唷。我們高校的圖書館有一位叫做木村的職員興趣就是做木板印刷，所以我麻煩他幫我一張張手印封面。裡頭的稿子，則請託我們國文、理科老師還有一些活躍在校內刊物的學生幫忙，剩

臺北高校尋常科時期，攝於林本源園邸（板橋林家花園）。

下來的頁面全是我自己寫，詩呀、短篇之類。至於活版印刷費，就從家裡每個月給我的零用錢裡面攢，再不夠就省午餐錢，這樣子去支付印刷行。一個十五、六歲的少年之所以較真成這樣，都是因為我當時被一位一邊擔任臺灣《日日新報》學藝部長，一邊又開了一家叫做「日孝山房」的出版社，發行低印量書籍的西川滿先生給影響了。他與恩地孝四郎、川上澄生、柳宗悅這些藝術家頗有交情，又是英國工藝藝術家威廉莫里斯的信徒，對於裝幀品味的要求非常高，甚至超乎對內容的重視。不過我對那種精緻書籍的興趣沒多久就放棄了。但那種應該怎麼說，對民藝品或者說是民俗方面的興趣，卻也成為我在好幾十年後將收藏來的臺灣民藝品捐贈給臺南市永漢民藝館的契機。

舊制高校生時代的我雖然是個文藝青年，但我那時候還不是政治憤青。對於日本人的殖民地統治雖然也有不滿，可是我有文學這個發洩管道，所以沒想過要正面對抗。但我有不少本島人學長對於日本統治非常痛恨，一心把中國當成祖國，這些人就聚集到了一位叫做葛超智[5]的英文老師身邊。這位葛老師是美國海軍那邊的人，後來發現他竟然是美國情報員，不過那是戰爭結束後他以美國大使館副領事身分重新回到臺灣後才知道的事了。

那時候，正好是從中日戰爭演變成大東亞戰爭的時期，我們臺灣人被徵召去當日本軍隊的棋子，被強制送去中國勞動。〈雨夜花〉這首臺灣民謠，描寫了女人的無助，就像是雨夜飄零的花朵一樣，當時一個在臺北放送局上班的日本人就把這首臺灣民謠填上日文歌詞，改寫成了軍伕之歌。

紅色背帶，榮譽軍伕，

多麼興奮，日本男兒。

5 葛超智（George H. Kerr，1911~1992）：美國歷史學者、外交官，《被出賣的台灣》（*Formosa Betrayed*）為其知名著作。

日本當局強迫出征的軍伕要唱這首歌。有一天，我們這些本島人學生在大稻埕一家叫做江山樓的臺菜飯店，為即將因為大東亞戰事迫近而不得不離開臺灣的葛老師送行。席間不曉得誰忽然哼起了〈雨夜花〉這首歌的調子，一下子大家全都放聲大唱起來，並且刻意唱那軍伕版本的歌詞。眾人齊聲痛哭。要我們臺灣人把槍口對準本是同根生的大陸人是非常痛苦的一件事，可是對日本人而言呢，我們這些臺灣人能講當地話，又能聽從命令，進軍大陸時，是再便利不過的存在了，這也更叫我們臺灣人悒悶。

大東亞戰爭終於開打了。我們這些高中生全都被叫去參拜臺灣神社祈求必勝。這對日本人來講很理所當然的行為，我們臺灣人卻先感覺心頭湧現複雜的滋味。首戰傳出日軍告捷的捷報，真不知該歡喜還是悲傷，甚至，那是基於正確消息所傳出來的情報嗎？拜戰爭所賜，三年制高校生活縮短成了兩年半，我於是比預計的提早半年得在暑假時去一趟東京，參加昭和十七年（一九四二年）十月入學的東大考試。

內臺航線的船舶甲板上

我決定報考東大經濟學部讓學校老師跟同學都很訝異，因為我竟然不是選擇文學部。我的文學熱是全校師生都知情的，大家都篤定以為我一定會去考文學部。但我沒那麼做，是因為像我這樣生長在殖民地臺灣的人，就算將來有志於文學，我也沒靠文學吃飯的自信。我其他那些本島人同學幾乎全都志在醫學部，就算是文科生，也會半路轉進醫學部，因為那是一條能夠免除受歧視的最安全的路途。

我已經十九歲了，早已習慣被不平等對待。我開始想將來畢業後不要回臺灣，如果可以，我想去香港之類的國際都會，去租界那樣子的地方從事國際貿易，這麼一來，文學部就不太合適。我得要有點經濟概念，將來不管被人管還是自己獨立，都要有辦法生存，這就是我的真正想法。可是我沒辦法跟人講，一個生長在殖民地的人，從年輕時就要懂得把自己的真實想法穩妥妥藏在心底，否則無法保身。

我決定要去東京唸大學後，那個幾十年來除了回鳳山掃墓，從沒離開過臺南市一步的我另一個媽，竟然說要去基隆港送我。可能出於直覺，她意識到今後可能再也見不到這個兒子了。她的腳還留著纏足的後遺症，只能穿著小小的鞋子晃顛顛地走，而我就陪著她那雙小腳的步調，兩個人一路走到了岸邊，但最後只有我一個人搭上了內臺船班。

那時候已經通過了戶籍法與戶口法相通的新法，父親為了讓長久以來被當成私生子報戶口的我底下那幾個妹妹弟弟能夠認祖歸宗，把他自己的戶籍遷到了我母親在久留米市的戶籍底下。我姊已經跟日本人結婚，戶籍已經遷了出去，名義上，邱家戶籍底下只剩下了我跟養育我的臺灣人母親兩個人。她雖然是我毫無血緣關係的母親，但對我而言，她卻是比親生母親更重要的母親。

離別的一刻終於來臨。我站在甲板上一直揮手，揮到看不見送行者的身影為止。再也看不到任何人了。我也就這樣，再也沒有機會跟我這個母親在這一輩子相會。在東大唸書時，接到她過世的消息。戰後我回到臺南家中後，才從父親口中聽說她一直人都躺在手術房裡意識不清了，還舉著雙手，意識恍惚地為我這個人在物資不足的東京的兒子炒著肉鬆。

從文學少年到政治憤青

乍看無謀心思密

東大對考生來講，不管從前或現在應該都是最難考的難關了吧？但我從來沒這麼覺得過。這樣講聽起來很驕傲，但我是在嚴重不平等待遇下一路過關斬將的人，怎麼可能會考個試還考輸？我有這麼點自信。而且我相信所有考得上臺北高校的本島人，應該心底都跟我有同樣想法。

唸臺北高校時，有一次校方邀請畢業校友、作家中村地平先生來演講，有學生問：「請問您當年為什麼要特地從內地跑來唸臺北高校？」中村先生回答說：「因為我聽說跟內地比起來，臺北比較好考啊——」引起哄堂大笑。然而這樣一個對於內地人廣開大門的高等教育機構，對於六百萬名臺灣人來講卻是得拚個你死我活才能撬開一點門縫的地方，尤其是只收一班、四十個學生的尋常科是最、最難進的一班。升上了高等科（相當於高中）後，班級增加成文甲、文乙、理甲、理乙四個班級，不過依舊很難考。

每一班差不多都收四十五個學生，不過沒什麼本島人會選擇唸文科。因為要是不慎選了文科，畢業後頂多只能當當律師或是新聞記者，不可能像內地人一樣當官。想都別想！就算運氣好進了製糖公司或是臺灣拓殖那樣的公司，也不可能出人頭地，所以通常本島人都會選擇將來能夠自己開業的從醫之路。而筆直通往醫學部大道的理乙，班上百分之四十的學生幾乎都是臺灣人，相較之下，其他班級一班頂多只有四、五個臺灣人。可以說，優秀的臺灣學生幾乎全都集中到了理乙。

我選擇文甲，班上包括我在內只有六個本島人。只有我跟後來擔任明治大學文學部教授的王育德選擇考東大，剩下的四個全都轉換跑道，跑去考了長崎醫大或是新成立的臺大醫學部，當了醫生。王育德報考東大經濟學部經濟學科，但沒上，隔年改考文學部，專攻中國文學。我則一開始就做足了保險，報考商業學科，也順利上了。

為什麼我如此自信過人的人會挑選商業學科呢？因為我思考過了，跟經濟學科相比，商業學科比較好考，就算沒考好也不至於落榜。初生之犢不

臺北高校高等科時期，與友人王育德（左）。

畏虎的我雖然有不輸人的自負，但那是奠基在我是在臺灣這種日本殖民地的鄉下裡一個小小的舞台，要是去了內地，聽說那裡一堆從一高[6]考到東大、一路筆直走在菁英大道上的高手，就連那些二流高校裡頭的才子想必也不可小覷，尤其我看了一下東大錄取率，墊底的是學習院高等部，倒數第二名就是我們臺北高校了，我就再怎麼在一個鄉下地方的高校裡頭當大王，我也不敢眼睛長頭頂上啊。從這種細節上也看得出我這個人雖然看起來漫不經心，其實緊要關頭時我還是很小心的。也多虧了這樣的性格，我順利考進了東大，也在我往後人生中，因為守著這樣的鐵則，而撿回了一條命、度過一些難關。

南原繁教授與辰野隆教授

好了，進入東大經濟學部後，發現雖然分成了經濟學科跟商業學科，教的東西其實差不多，只是商業學科的學生還必須多上會計學跟簿記之類的必修課，其他幾乎都一樣。當時經濟學部的部主任是舞出長五郎教授，我去上了他幾次〈經濟原論〉後發現他上課真的很無聊，只是把他自己寫的書拿來照讀，有時候還會大舌頭。而且那時候正值中日戰爭，右翼與軍方的發言權一下子突然強勢起來，東大經濟學部幾個受歡迎的教授譬如矢內原忠雄、有澤廣巳、脇村義太郎等等全都被逐出了校園，整個經濟學部充滿了一種好像大政翼贊會[7]般的氣息。

在這種情況下，少數幾個勇於吐露真言的就只有〈政治經濟學〉的北山

6 一高：第一高等學校的簡稱，為日本最早設立的公立高等學校。在當時的東京大學升學率為全國第一。

7 大政翼贊會：一九四〇年由總理大臣近衛文麿參考納粹黨，發起成立的極右翼團體。

富久二郎教授、〈理論經濟學〉的安井琢磨助教授[8]與〈經濟史〉的大塚久雄助教授這三人了。大一時，我去上了佐佐木道雄教授的〈會計學〉，升上大二後選修了北山教授與安井助教授的講座。其實只要修一門就夠了，只是我太貪心，選了兩門，而且遊走在〈政治經濟學〉與〈理論經濟學〉這兩個光譜極端也很有我的風格，搞不好我從很年輕的時候起，就是個喜歡同時吸收不同思想意見，加以消化的「矛盾的自我同一」[9]。教授〈政治經濟學〉的北山教授是山崎覺次郎教授的學生，他在回東大任教前曾在臺北帝大執過教鞭。他還在臺灣時，臺灣人對他的評價就很高，普遍認為他是個對臺灣人有所理解的日本人。剛好那時期，他以在大陸暗中活躍、協助成立汪精衛政府的影佐禎昭特務機關的智庫身分，跟汪精衛政權運作有很深的瓜葛。他對於我們臺灣學生冷眼旁觀的日本帝國主義侵略與和平工作，真誠相信是一條通往「中日和平的大道」，所以基本上我們意見很難一致，不過北山教授是唯一一個我們能夠講真心話、坦承激盪與衝突的精神上的指導者。他在後來安倍能成教授榮任學習院大學校長時，跟舞出長四郎教授一起轉到了學習院經濟學部，不過不管在哪一所大學，都有仰慕老師的畢業生自動自發成立「北山會」，由此可見北山教授之深受學生敬愛。

另一方面，教授〈理論經濟學〉的安井琢磨助教授則很罕見在戰後以一介經濟學者的身分獲頒文化勳章，不難想像他在我學生時代就已經是個非常才氣煥發的學者了。照理來說，身為年輕理論經濟學家，他應該要是一個能夠跟馬克思經濟學家互相抗衡的存在，可是當年畢竟所有馬克思理論學家都才剛被軍方肅清，所以他根本毫無敵手，或說苦無敵手可以較勁。幸好安井助教授很有

8 助教授：相當於現今的副教授。
9 矛盾的自我同一：為日本知名哲學家西田幾多郎的晚期中心思想。

語言天份，廣讀西洋經濟學的原文書，把從瓦爾拉斯[10]到海耶克[11]的理論經濟學發展全都教給我們了。只是理論經濟學派不曉得怎麼樣，就是很愛用高等數學，有時候會鑽研高等數學鑽研到了忘記現實的地步，於是就讓人覺得沒被滿足。不過那畢竟是個言論自由受到統治的時代，關在象牙塔裡鑽研深奧理論總是比較安全，而這也是事實。

剛入學的時候什麼情況都還搞不清楚，所有課表上的課我都跑去上了。課跟課之間的空檔，則躺在安堂講堂前面的草地上，於是逐漸就跟其他學校畢業的同年級學生混熟。他們有些從一高來、有些從學習院來，聊天之後發現，咦，一高也沒有比學習院聰明或優秀嘛，這時候我的壞毛病又來了，無意識間就亂下結論——一高、東大學生也差不多就這點程度。

一年後，開始對經濟學部的課感到膩煩，可是期末考不能不考過，否則會很麻煩，所以快要期末考的時候我就會出席，其他時候則只借朋友的筆記來看。不過翹了經濟學部的課之後，我卻反而跑去上了法學部跟文學部的課，經濟學部的課就只剩下北山教授的〈財政學〉會出席。剩下的就是法學部的南原繁教授的〈政治學〉，跟文學部的辰野隆教授的〈福樓拜研究〉，就只上這些。南原教授的個子很小，他那時候已經滿頭白髮了。他那個人並不屈從於軍方壓力，在課堂上繼續秉持理念教授非常自由主義風格的內容，因此在當時反帝國主義氣息濃厚的校園裡頭很受學生歡迎。後來他強烈反對沒有將共產圈含納進去的舊金山合約，被當時總理吉田茂罵成是譁眾取寵的「曲學阿世之徒」一而一下子聲名大噪。不過他那個人在戰時還能那樣態度毅然，我相信他是個「忠於自我信念之人」，絕不會是什麼「「曲學阿世」」。我每次在擠滿了超多學生的課堂上看著毫無畏懼繼續上課的他，總是不由得心生敬畏，覺得南原教

10 瓦爾拉斯（Léon Walras），法國經濟學家，邊際效用理論與一般均衡理論的開創者。

11 海耶克（Friedrich August von Hayek）：奧裔英國經濟學家，一九七四年獲諾貝爾經濟學獎。

授個頭那麼小，但真是人小志氣高。

相較之下，辰野隆教授就是個完全跟外表毫不相符的時髦分子了。文學部底下有歷史學科也有哲學科，甚至還有美學科跟佛教學科。撰寫《風土》一書的和辻哲郎教授在校的時候，我也去聽過他的課，不過最後能夠讓我每週出席的，卻是辰野教授的〈福樓拜研究〉。現在想想，當時軍國主義氣息那麼強烈的時代之下，辰野教授居然選了一本講外遇的《包法利夫人》授課，而且在課堂上還不斷說笑，也許那是他一種柔軟卻強硬的抵抗吧。後日他榮獲直木賞，開始出現在新聞媒體上後，我有幸跟他有過幾次的對談機會。他不管在是軍國主義橫行的當下，或是言論恢復自由之後，一逕灑脫，完全沒變。

某早沉睡中忽然被突襲

對我來說，拜進了東大之賜，得以一窺日本最高學府到底是什麼面貌。我轉動脖子，往四周瞧一瞧，沒看見幾個比我聰明、腦筋又動得比我快的傢伙，所以日後我評價別人的時候，開始不覺得學歷很重要，因為我已經看過了最高學府的「樂屋」[12]了。不過在那軍國主義狂風暴雨中，東大教授們依然堅持自我思想、不為所動的風骨，令東大有種與帝國主義、軍國主義相對抗的大本營風情。在這裡，就算是殖民地出身的人也不會被教授或其他同學歧視，在我同年級的同學裡，有兩個俄羅斯出身的白人，大家也不會覺得他們跟自己不同人種，而是覺得日文怎麼這麼好，捧上了天。

12 樂屋：舞台休息室。

在這樣的氣息下，我完全融入得忘我。在那之前，我也沒覺得自己的思想怎麼樣，但其實包含我在內的所有臺灣人、朝鮮人還有中國大陸來的留學生，都在特高或憲兵隊的監視下。當時我住在本鄉追分一家叫做「西濃館」的包三餐的宿舍，租了一間六張榻榻米大的房間。那時候因為已經進入戰時體制，沒有外食券的話不能去學生食堂或校外餐館用餐。我那陣子因為覺得有必要學法文，會從本鄉追分搭都電去水道橋那兒的法文學校Athénée Français上夜間課程。常常一上完課，趕緊轉搭兩班都電回去，到宿舍後已經超過夜晚七點了，供餐時間只到晚上七點，所以我常常沒飯吃，很餓。

而且我發現我不在時，好像衣櫥裡的棉被有時候會被人動過。以前前輩就提醒過我「小心一點」，所以我開始懷疑該不會是特高來房裡翻過了吧？雖然我也沒有什麼怕被翻出來檢舉的證據或什麼的，但我喜歡讀禁書。說是禁書，其實也不是什麼情色刊物或亂七八糟的讀物，就是進了經濟學部後，其他的臺灣學長跟我說要讀點馬克思跟列寧，否則不算是號人物，所以我就從研究室裡借了《資本論》跟《俄國資本主義的發展》之類的書，晚上會把房門鎖起來，讀到很晚。

那時候想一次借太多本，萬一被亂批鬥說「你就是共產分子」那可就麻煩了，所以我都是借一本，看完了還一本，再借一本，這樣子讀。新借回來的，就跟其他完全非思想類書籍一起塞在紙盒裡，擺在書櫃的其他層架上。特高搜索重點在於外地寄來的書信與衣櫥裡有沒有藏無線機等等，不太會去注意到書櫃上面的這些小心機。

不過我覺得房間好像被搜過的這種怪異感受，不只出現過一次，於是我開始覺得不行，最好不要繼續住在這種專門租借給學生的地方。剛好那時常因為來不及晚餐時間而餓肚子，我就乾脆以此為藉口，搬去了農學部旁邊一間不是專門出租給學生的一般住家。那裡一樓住了一位老太太跟她離婚搬回家的女兒，說二樓有兩間房可以出租。我就跟在東大醫學部留學、從臺北高校時代就是我學長的許武勇[13]先生一起租了下來。許學長跟我一樣都是臺南人，他父親在神戶當貿易商，當年缺乏砂糖與糧食的那個年代裡，他家算是物資比較充裕的。我在臺灣的父母也因為擔心而會定期給我寄點砂糖、糖果跟豬肉鬆的郵包。後來商船開始被美軍潛艇擊沉，物資中斷，不過我們臺灣人畢竟還是砂糖產地出身，跟其他日本內地同學比起來，我們算是比較不缺糖的，甚至偶爾還會有誰拿點紅豆過來，另外那個誰又拿了麻糬過來，就那麼在火爐上架上鍋子、用報紙起炭火，煮起了紅豆麻糬湯大快朵頤。

那的確是昭和十九年（一九四四）三月的一個寒冷的清晨。我在熟睡中，忽然被突襲打醒，莫名被銬上手銬，眼前站著三名便服。一個站在我前面，另兩人開始搜起我房間，到處翻找有沒有什麼可以充當證物的，全部放在一起收起來。許學長被隔壁駭人狀況嚇得衝出房間，他衝下樓梯時，腳下一滑，整個人摔到了樓梯底下。我被人押著，既不能開門，也不能跟他喊幾句話，就那樣被銬著搭上了都電，帶去九段下[14]，關進了麴町憲兵隊收押房。

憲兵曹長衝口而出一句話

我完全不曉得自己到底幹了什麼要被抓，完全一頭霧水。書櫃裡雖然藏了羅莎．盧森堡[15]的書，但那些憲兵是沒讀過書的鄉下人，反而搜走了武內義雄的《支那思想史》跟魯迅、北一輝的書。大概是因為書上寫著「思想」兩字，

13 許武勇：一九二〇年生，年長邱永漢四歲。主業為醫師，另一知名身分為畫家，是臺灣立體畫派先驅，二〇一六以九十六歲高齡去世。臺南美術館設有常設展覽。

14 九段下：位於現今千代田區。

15 羅莎．盧森堡（Rosa Luxemburg）：德國共產黨創始人之一。

就誤以為一定是危險思想，就算拿起來翻看也看不懂有什麼區別。

第一天的上午跟下午，分別被偵訊了一次，是憲兵曹長問話。

「你不用再瞞了，我們都查清楚了！」

他這樣嚇唬我。但我根本就沒做什麼，也沒辦法如他所願。

「你不是到處跟人家造謠說什麼日本的船都被擊沉了，海水裡都是糖，都變甜了？」

他稍微一點點、一點點把他手中有的消息丟出來。我確實開過那樣子的玩笑，可是我是跟一個當成好友一樣信任的同年級同學說笑。那個人住在小石川一棟大宅邸裡，他父親是銀行總裁。我立刻就會意過來這到底怎麼回事，那傢伙一定是被問煩了，不知道到底該怎麼辦就開始亂講話。

那曹長又說：「你不是很想回中國嗎？」那確實也是事實。我的確覺得乾脆大學休學，從下關去釜山，經由朝鮮半島進入滿洲，再從那邊過山海關，看有沒有什麼法子可以進去中國，拿出地圖這樣子幻想過很多次。剛好被一個汪政權底下從廈門來留學，同樣也是我們經濟學部的中國留學生看到了，一定是他跑去跟憲兵瞎扯，說什麼我想去重慶，還有我偷偷讀蔣介石的《中國之命運》……之類有的沒的亂打小報告。再不然就是憲兵要求他配合舉報間諜，那樣就沒辦法了。可是不管那曹長怎麼恫嚇我說：「你就是重慶派來的間諜！我們都有證據了！」我也沒辦法讓他立功啊，因為我就真的不是！

後來那曹長一怒之下踢翻椅子，站起來掄起拳頭開始揍我。

「好，我知道了！你的目的是這個吧！」

他把手掌啪——地按在地圖上的日本跟臺灣之間——

「你想讓臺灣脫離日本獨立！對吧，你是吧？你的目的就是這個！」

我訝異得抬起頭來怔怔望著他。

在他那樣說之前，我連一次也沒那麼想過，腦海中連一次也沒有竄出過那樣的念頭，但聽他這麼衝口一說，我忽然醒悟也有這個方法呀！多年之後，我因為受不了蔣介石在臺灣的惡政，賭上自己性命踏上了尋求臺灣獨立之路，而當初給我這啟發的，就是這蒙昧無知的憲兵曹長。

那個憲兵曹長揍了我之後，可能有點心虛吧，把他自己配給的豆沙麵包遞給我，叫我吃吧。我已經在收押房裡被餓了好幾天，一手就拿起來狼吞虎嚥。對方大也知道不管再怎麼恫嚇我或懷柔，我都沒辦法讓他套出什麼話，從那天之後，對我的態度就好多了。

我雖然講話很不客氣，好像人很硬骨頭，其實我被憲兵隊抓了後心底真是畏懼得要死。頭兩天還有點從容赴義的心情，但愈關愈多天，心底慌了。我被抓的那天，許學長雖然慌亂間摔下了樓梯，可是現下能把我被抓這件事告訴北山教授的人也就只有他而已了。不曉得他有沒有去目白的女子大學，跟我妹孝子說我被抓了呢？北山教授說過，他跟宇都宮憲兵隊的隊長交情很好，不知道教授會不會去幫我說情，把我從這牢籠裡救出去？我也沒什麼人可以期待，只能完完全全把希望交託在他人手上。

拘留所裡用大木棍隔出了隔間，每一格都有人，有的一格還擠了兩個。幾乎全都是一些觸犯了物資統治令的黑市商販，只有我一人是思想犯。不曉得憲兵是不是覺得我層次不同還是覺得把我跟黑市商人關在一起會出亂子，我從被抓了後到放出去為止，一直都關在個人房裡。一個站門口的年輕士兵往我房裡看，看見年輕的我時問我——

「喂——，學生啊？」

「是，我是。」

我點頭。

「反正一定不是什麼嚴重的事吧，很快就會有人來把你放出去了啦——」

說了這也不曉得算不算是激勵我的話。

被抓了剛好一星期的時候，被叫去了偵訊室。一進門，桌上放著用大布巾包起來的我的個人用品。

「你可以走了。不過你要先簽這份切結書。」

我一看，內容大意是說今後願意配合舉發間諜之類的。我默默在空白處簽下了自己的名字，在心底告訴自己，反正以後就算知道誰是間諜，我也假裝不知道就好了。

一手拿著包囊，邁出腳步，走出了憲兵隊。九段那個地方有很多櫻花樹，剛好是櫻花滿開的時節，我從來沒覺得櫻花有那麼美過。眼前乍然霍亮，我邊走邊深呼吸，一次又一次地覺得：自由真是太好了——，空氣怎麼會這麼清新！被關進了憲兵隊一個禮拜，身上襯衫褲子全爬滿了跳蚤，我一回到了租屋處，阿婆他們看見我馬上嚇一大跳，但很歡天喜地直說「真是太好了」，立刻叫我把身上衣物脫下來，煮滾熱水，從衣服上頭淋下去燙死那些跳蚤。我被關了一個星期，雖然只不過是在裡頭死辯強辯，但不知道怎麼回事，我出來後感覺整個人脫胎換骨，成熟了好多。

學徒出征後的東大

前一年十月發布了學徒動員令後，大部分文科生的身影都已經早從校園裡消失了。之後又針對臺灣與朝鮮學生發布了特別志願兵條例，原本以為與自身無關的臺灣與朝鮮學生開始被普設在學校裡頭的軍官叫去面談。「你願意志願從軍嗎？」「是，我志願從軍。」被這麼問到的時候，我們臺灣學生一定是這樣回答，可是沒有半個人是真的想當兵，大家只是心底有數，這種時候不明確表達妥協意願的話，晚點就會倒大霉了。表面上說是志願，其實只不過是名為「志願」的強制徵兵。

但朝鮮人學生這種時候就會果斷說「請容我好好思考一下之後再跟您報告」。其實不志願從軍也不可能讓你留在校園裡面，一定會有徵用通知來，把你抓去做些炭礦或道路工程的苦力勞動，但幾乎所有朝鮮留學生都會拒絕志願從軍，躲起來，從大學校園裡消失了。可以說，這種地方也看得出臺灣人跟朝鮮人的國民性。我們臺灣人會先想「虛以委蛇」躲過這一劫再說，但朝鮮人則是蠻強抵抗，「以眼還眼」，要說哪一種作法比較正確、比較懂得求生存，其實沒法判斷。終於，配屬將校一個個地問，「你呢？」問到我了。我那時候因為是年頭出生，提早入學，還要再三個月才會滿二十歲。

我回答：「我未滿二十，沒資格志願」。

「明年呢？」

「明年我一定志願！」

「好！」

配屬將校拍拍我的肩膀，其實我根本沒決定隔年會怎麼做，我只是想明天的事誰知道呀？後來隔沒多久，內閣會議也決定要對臺灣人實行徵兵制，不過還好那是從昭和二十年（一九四五年）才開始，我在昭和十九年滿徵兵年齡二十歲，於是剛好就有了這麼一小段空白，讓我閃過了一場風暴。

學徒出征後的東大就只剩下兵役檢查沒過的病人跟準病人，再來就是像我這樣還沒有成年的學生。同期進入經濟學部的三百五十個學生裡頭，只剩下四十個左右，這四十人又被課以名為「勤勞奉仕」，實際上是義務勞動的工作。一開始，是去幫忙缺工農家割割麥種種田，後來開始被軍需省動員。我也等著被叫去動員，沒想到學生課通知說：「你是臺灣人，你要去參加軍需省勤勞動員，要有教授幫你做保才可以。」

我問道為什麼，回答我說是因為「萬一你洩密就糟糕了」。

「那我可以不去軍需省嗎？」我問，對方回答說：「這樣的話，你可以留在經濟學部的研究室幫忙整理書籍。」我當然馬上就回覆我要留在研究室呀。經濟學部研究室裡有一大堆被歸為禁書的書籍，我要是留在研究室，就可以不用被特高或憲兵盯上，好好讀個昏天暗夜了。就這樣，其他年輕人都被學徒動員沒辦法念書的時候，我卻一個人留在了研究室飽讀萬卷好書。列寧那些左派書籍幾乎都是在那段時間讀的。

不要把心掏出來給信不過的人看

在當局這樣蠻橫壓迫下，我就算原本是個文學少年，也不得不變成憤青了。剛好二年級時選修了一門〈大東亞經濟論〉，任課老師是一位叫做安平的助教授。我幾乎沒去上課，不過考試時出了一題「試論滿洲國之統治經濟」的題目，我剛好那陣子在讀矢內原忠雄教授的《帝國主義下的臺灣》與《滿洲經濟論》，便寫了一段大意是「滿洲國的經濟乃日本的海外發展主義與當地合營資本所共同形塑而成，未必符合當地民眾之利益」的意見，其實我真的很想寫「日本帝國主義」，但心想不行、不行，得忍住，於是才寫成了「日本的海外發展主義」這樣迂迴的表現，可是結果都一樣。

我雖寫得那麼迂迴，但一看就知道是受了矢內原教授影響，那種時局之下，沒有學生會寫出那麼放肆的答案，於是安平助教授就

東京大學經濟學部時代。

去找了他的恩師，經濟學部的部長喬爪教授商量，說有個朝鮮人名字的學生寫了這樣的答案，應該怎麼辦呢？橋爪教授身為在大東亞戰爭中還能擔任經濟學部部長的人，當然是個十足十的右派，聽後臉色大變，忿戾地說：「把他叫來！不反省，我們看情況就把他退學了！」這下子，反而是去找他商量的安平助教授開始苦惱了。

正好那天，安平助教授在從赤門到御茶之水的下坡路上跟北山教授同行，他們走呀走，安平助教授開始跟北山教授請益，「其實發生了一件很麻煩的事，請問這種情況我應該怎麼處理比較好？」跟他說起了那個思想不純正的朝鮮人學生的答案。北山教授一聽，忽然心底一個念頭，問他那個學生叫什麼名字？安平助教授就講出了我的名字。

「那個學生我很熟呀，他不是什麼朝鮮人，他是臺灣人！很認真的一個學生，思想沒有那麼偏斜，而且你何必去跟橋爪講呢？」

「我沒什麼意思，只是想這種情況不曉得應該怎麼處理，沒想到橋爪教授竟然氣得開口就說要退學，我其實也很苦惱——」。

「這當然是你不好！學生們考試時寫出了真心想法，那是信任我們當老師的人，你這種時候就算是有點危險、不是那麼合乎時局的答案，你做老師的也要保護他們哪——」

「您說得對，請問現在怎麼辦呢？」

「那孩子是我的學生，我代替學部部長去罵他，你也去跟橋爪講一聲，讓他有個底。」

「好，對不起，再麻煩您了——！」

聽說安平助教授這樣低頭拜託了北山教授。

於是我也不知道其中曲折，就被北山教授叫去辦公室一趟。我心想什麼事呢，一去他辦公室，他劈頭看見我就板起臉，指著椅子喝令我：「在那邊坐下！」。

「你為什麼要在〈大東亞經濟論〉的考卷上寫那種答案！」

我臉色逐漸慘白。

「寫比講更嚴重。你就算真心那樣想，你一寫下來、講出來，你就會惹麻煩。你之前不是才剛被憲兵隊抓走嗎，還沒學乖呀——！」

我眼眶登時一紅，趕緊拿出手帕來擦，但淚水怎麼樣也止不住。老師現在是想幫我，才會這樣罵我。憲兵隊那時候也是一回到了租屋處後我就趕緊去老師家報平安，老師那時說——

「人沒事就好。憲兵隊查人通常都是以一個禮拜為單位，沒被查出什麼的話，一個星期就會放人了。我還在想，要是一個星期後你還沒回來，我就只好去拜託塚本看看了。這一次你也是學了個經驗，以後講話要小心啊，隔牆有耳——」

那時候還那樣對我苦口婆心。

我一哭不能自已，北山教授不曉得是不是看了於心不忍，對我說：

「你其實也沒錯啦，是安平做事太沒心眼。不過你還是去跟他道個歉，以後不要再隨便把心掏出來給信不過的人看了！」

老師如此告誡。但我想我要是真照他講的那樣活，我在這世上不就沒有任何可以信得過的人了嗎？不能相信別人，我在這世上要怎麼活下去？一尋思，又更淚湧不止，就這樣走出了老師的辦公室，直接去敲了安平助教授的門。我道歉說：「真的很對不起，給您惹麻煩了。」安平助教授也馬上從椅子上起身對著我深深彎腰：

「對不起，是我不好，你別見怪。」

但就算他對我道歉，我也不可能開朗得起來。我就算道了歉，我的偏差思想也不可能改正。真要說的話，這是一種生在殖民地者的幾乎可以說是與生俱來的宿命。

當時的戰局已經到了對日本極為不利的狀況。雖然日軍大本營發布消息時依然強勢，只發布對自己有利的消息，但是日軍在拉包爾被孤立，在英帕爾慘敗，甚至塞班島還被美軍強行登陸成功，後來發布了日軍全軍覆滅的消息，勝負已一目瞭然。我只不過是一介學生，可我的耳朵是通風耳，當時在時局浪尖下的侍從長的兒子就在我們班上，每次宮內會議一有什麼動靜他都會跑來一五一十跟我講。當時大臣們的動靜跟官方發布的消息完全相反，比起大本營發布的，我覺得宮中的情況無疑更為可靠，比社會一般人更早嗅聞出了時局的變化。

全學連「埋下種籽的人」

東京空襲後疏散岡山

班上同學裡有當時侍從長的兒子，所以我雖然只是耳聞，但也多少聽說了當時宮中大臣們的動靜。如果那些消息可信，那麼大東亞戰爭應該快要畫下尾聲了。當時的內臺海路已經被美軍潛水艇截斷，我家寄來的信跟經濟支援都斷了，雖然我只是從臺灣去東大留學的留學生，但我已經猜到再要不了多久，日本就會戰敗。

那是昭和二十年（一九四五年）三月九日那一夜。一個與我很要好的同班同學松本英男約我去他們岡山縣出身的學生們住的小石川那邊的宿舍玩，我們聊到了很晚。一至深夜，空襲警報又響起，Ｂ二九轟炸機又開始空襲了。大家那時都早已習慣空襲警報跟空投炸彈，但是那晚的空襲有點不太一樣。通常空襲警報會很快解除，躲進防空洞的人又可以回去房間睡覺，但是那晚，轟炸大隊的空襲沒完沒了，我爬上了宿舍屋頂，朝東方一看，發現整個市區都已經一片大火，連天空都被火焰給燒亮。

「看起來好像是本鄉那個方向耶，我看我租的房子那裡搞不好也燒了——」

年輕的時候灑脫，天寒地凍的，連明天可以鑽進去的被子都沒了也不在意。

「你要是沒地方去，不如來我們那邊的鄉下，反正教授們應該也不可能繼續留在東京了啦——」

松本同學這樣好意邀我。

我等到了天亮，走去後樂園那邊，沿著電車軌道來到了真砂町那邊時，發現到處都是燒毀得亂七八糟的燒焦味。我穿過了瀰漫焦煙，心想完了完了，沒想到走到了赤門前時，發現可以稱之為是東大象徵的那座赤門，竟然還沒倒！聳立得好好的。而且拐進了赤門前的小巷弄那邊，竟然還有一塊地奇蹟似逃過祝融之劫，我跟許武勇一起租房子當鄰居的那棟住處也沒事。

「你不在，所以我就把你的鎖弄壞，進去幫你把你那些棉被枕頭都先搬去經濟學部研究室了。那邊是鋼筋建築，一點燒夷彈應該燒不了它。不過我們這邊沒被燒毀真是太好了——」

許學長早已忘卻前一晚的慌亂，這會正神色輕鬆地在打包。他說東京這下子沒辦法住了，他要回去神戶他爸媽那邊。而我呢，也不曉得自己到底該疏散到哪裡。因為兵役檢查沒過而跟我一起留在學校的四十名同學裡，跟我特別要好的松本英男與長尾淳一郎都盛情叫我去他們家。長尾家跟一家名為「富久娘」的釀酒廠是親戚關係，他父親也是個釀酒人。不過他家就在廣島的市中心，我心想萬一連廣島也被轟炸，那到時又要跑去別的地方避難，所以就謝過了他的好意。真是沒料到，半年後，第一顆原子彈竟然會就扔在了廣島市，人的命運真是難料。一念之間殊異巨大。

另外那位松本同學的父親在九州電力公司當技師，住在福岡市，不過戶籍所在地的岡山縣上道郡的浮田村（今日岡山市）那邊還留著空的鄉下茅屋沒用，也還留有一點農地，要是想過晴耕雨讀的日子，那邊再適合不過了，他這樣相邀。而且那邊剛好就在岡山市旁，所以我就接受了他的好意，把我公寓那些書還有一些不用的家當都暫時先搬去經濟學部的研究室倉庫。我總是在那邊幫忙整理了半年多的書籍，跟事務員們都熟識了。不過他們也說，不負保管責任唷。

松本同學的伯父在岡山市政府上班，於是我就先過去他們那邊住了兩、三天，幫忙他們把一些家當分成了幾趟，堆在三輪車上搬去他們在郊外的家。幸好當時先這麼做了，否則後來他們一定頓失一切。因為後來燒夷彈開始也往各地方城市丟，他伯父與伯母真的什麼都來不及拿就逃去了在鄉下的家。

田園生活中聽見玉音放送

就這樣，我跟松本還有松本的奶奶三個人，就在松本的鄉下老家過起了田園生活，直到戰爭結束。松本奶奶原本跟他伯父一起住，但他們擔心老人家空襲時逃得慢，而且多一個婆婆在我們身邊，也可以幫忙照料我們這兩個連煮飯都不會的年輕學生溫飽。

奶奶當年已經七十多歲了，有點失智，但還有一身從百姓生活當中歷練出來的農業知識。她把她自己會的，從我們自己要吃的蔬菜播種開始，一樣樣手把手耐心教給我們。這個要這樣做、那個要那樣做。她常常一邊煮飯打掃，一邊叨念著口頭禪——「父母的意見跟茄子花一樣，沒什麼用不到的」。我一開始還聽不懂她到底在說什麼，可是一旦自己種了茄子就知道，茄子只要開花，就一定會結果。所以她是在幫自己講話，父母的嘮叨都跟茄子花一樣，沒什麼用不到的叨念。

松本他們在鄉下的老家，是他們那一大家族的本家，旁邊就住了分家出去的一戶家庭，然後隔了一點距離的地方，還住了另一戶名為內藤的親戚。那邊也是很專業的、涉足了好幾種農作的農家。我在當時被排擠出大學校園的一位叫做山田盛太郎的馬克思學者書裡讀過，岡山縣是全日本農業最為發達的地區。像這種專業農家，家裡頭一般都有脫穀機，就連戰時也不怕缺糧。我從怎麼種田到怎麼利用牛隻、怎麼燒木製炭，都是從分家出去的那一戶家庭還有內藤一家人，手把手在那邊親自教會我。

從用牛犁田開始，在那邊體驗到了要是沒疏散到岡山縣那種鄉下地方的話，大概一輩子也不可能經歷到的各種經驗。在那種鄉下地方，你會看見一種只有單一個車輪，用手推的推車，叫做「貓車」。雙手握住兩邊的把手，繩子套在自己脖子上穩穩朝前推，不管再窄的田畦都能順利推過。但要是沒握穩，一個顛蹌，馬上整台翻車，裡頭堆的東西全都翻倒在地上，我不知道吃了幾次這種苦頭，後來發現，我其實好像意外地有點天分，很快便能自己去山裡砍松木用貓車運回家、去山裡挖洞燒木製炭，再把製好的炭載回家。

當時年輕人幾乎全都被抓去當兵了，農村人手嚴重不足，我又不怕煩不怕累，自告奮勇去下田做一些粗重工作，所以松本的親戚們也都很疼惜我，不像在臺灣時，一天到晚要被內地人兇，也不像在東京唸大學時，常要被特高叫去問話。雖然糧食急速短缺下，偶爾也要吃吃烏龍麵撐撐，但是還是有時候能夠偷加點白米、有時甚至還能喝到用麝香葡萄或是白桃做的果汁，有機會吃到那些鮮甜驚人的水果。

田園生活恬適得令人幾乎要忘卻了戰爭的緊繃，可是美軍空襲卻也一日猛過一日，終於連地方城市也開始遭殃了。岡山市被空襲，災火之下，松本的伯父伯母也逃來了鄉下避難。去田裡照顧稻子時，用肉眼就看得到B二九飛過。有天早上我去到田裡，發覺西邊天空好像畫過了什麼閃光，不久後，便從西邊傳來了謠言，說是廣島被丟了新型炸彈，整個城市瞬間灰飛煙滅。至於是什麼樣的炸彈、威力又有多大，這時候還沒有半個人知道。只是小道消息從一個人的嘴巴傳到了另一個人的嘴巴，說災情嚇人，要等再過了好一陣子，大家才會知道那原來是一種叫做原子彈的新型炸彈。

我跟大部分日本人都完全對於原子彈沒有任何概念，只是聽說，不過就畫過閃光、傳出巨響，接著就死了十萬多人了。連金魚缸裡面的金魚也被燒死了。我心忖，長尾那個傢伙一定也沒躲過這麼大的劫難吧，心底感覺無比難受。我直覺，這一下子戰爭就要結束了。到了八月十四日，廣播宣告將會播放天皇談話，我更確信了這份預感。

我跟松本家的人說，戰爭就要結束了。

松本的伯父反駁我，怎麼可能，一定是要鼓舞全國人民的談話啦！

我沒理他，只說明天聽了就知道了。

到了隔天正午，大家擠在了收音機前，首先播放日本國歌《君之代》的演奏，接著終於開始了天皇談話。其實有點雜音，聽不太清楚，等一直聽到了「朕堪所難堪、忍所難忍……」的時候情況已經一明二白。那是個全日本上下都受到了巨大衝擊的瞬間，可是對於被日軍的軍靴蹂躪過的各亞洲被佔領區的人民而言，心頭滋味卻更遠為複雜。以我來說，我頂多不過是受到了一些差別待遇、被關在了憲兵隊、被威脅要把我從大學退學，但其他人呢，全亞洲有多少人全家被殺、被當成了日軍試刀的亡魂？跟那些人相比，我的歡喜十分渺小，我只覺得，這下子終於自由了，不用再被人罵是「清國奴」了。

被歸為戰勝國的國民

戰爭終於結束，就算回去東京，也不用擔心有B二九扔炸彈下來，我已經沒有理由再躲在鄉下避難，因此跟松本家的人告辭，打算要回去東京。內藤家的人也常在餐食方面關照我，所以我也去告別。內藤家有一位叫做小澄的剛巧適婚年紀的女兒，高雅清靈，不太像是個農家女孩。她在瀨戶地方公所上班，常看見她騎著腳踏車。每一次我去她家露臉，她總是對我很親切，從她的態度中也看得出她應該不討厭我。可是那個年代，男女雙方都沒辦法主動表明些什麼，那也不是一個女孩子家可以主動表達心意的年代。而我對於自己將來會怎樣也完全沒底，沒有任何規畫，因此頂多也只能對她友善地笑笑。

最後那天我去道別時，小澄正好站在井邊拿著桶子打水。我說這麼長時間，感謝你們這麼關照。

她臉上露出落寞的笑容回我——

「你終於得回去你們國家了，回去之後，你應該會飛黃騰達吧——」

我於是半開玩笑、半真誠地說：

「那我帶妳一起回去吧——」

小澄臉上紅：

「怎麼行哪，我這種鄉下人——」

她好不容易才擠出這麼一句，那就是我們之間最後的交談。回到了東京後，我馬上就去北山教授那邊打招呼，北山教授一邊聽我述說，一邊取笑——

「你整個人都變成鄉下人了，連講話都帶岡山腔了——」

他不說我還沒察覺，只不過短短半年，人便完全順應了身邊環境。

眼前第一件事就要先找到一間公寓租。東京整個燒成了荒野，原本疏散到各地避難的人也陸續回來了，很難找房子，到處都缺屋。有愈來愈多人乾脆就從火災現場去找些堪用的舊木料跟錫板之類的，拼湊搭出臨時小屋湊合著住。在那種情況中，我能馬上就找到房子，是因為出乎意料，我也沒發現時，臺灣人跟朝鮮人已經被歸類到戰勝國的國民那一邊去了。

世田谷有一個叫做等等力的地方，那裡有一個戰時興建，叫做「大東亞學生寮」的留學生宿舍，是當時打著大東亞共榮圈的東條英機首相特地蓋來給亞洲各地來日本留學的留學生住的，說起來，就是蓋來炫耀的。那時候的等等力幾乎沒有任何住宅，就只有那裡，即便在建材短缺的戰時，忽然有棟嶄新顯眼的房子就那麼蹦地蓋在了田地間。那時候臺灣人還被歸為日本人，所以臺灣人不能住，幾乎全是汪精衛政權那時候從上海那邊找來的中國留學生給佔了。

可是隨著日本戰敗，臺灣人忽然就成了中國人，於是我有了資格，可以搬進去大東亞學生寮了。大學學長跟我說：「那邊有空房，你可以去看看。」於是我馬上過去。那邊是一對很明事理的早川姐妹在負責處理一切，她們一聽說我是東大學生，馬上便空出一間房間給我。在戰後那麼緊迫的住居市場下，對我來講那簡直是中了樂透一樣。我去大學研究室所塞在書櫃裡的自己那些東西一點點、一點點地搬到宿舍去，過起了我從未曾想像過的舒適環境中的學生生活。也不會有特高再來搜了。我放心地把魯迅全集、馬克思的《資本論》跟蔣介石的《中國之命運》都大大方方擺到書架上。

有一天，松本同學來找我。他九月就要畢業了，已經找到一個地方銀行的工作。

「我前一陣子回去岡山，」他說，「大家都說你搞不好是間諜」。

「我怎麼會是間諜？怎麼會有這種謠言？」

「因為你說日本會戰敗呀，不是嘛？那一天玉音放送，全家人都說一定是要講話激勵、鼓舞國民，就只有你鐵口斷定一定是戰爭要結束了。所以全村都在傳，說事前就會知道這種事的一定是間諜啦。」

「什麼啊——！」我當下大喊，「我不可能是間諜，你這六個月來每天跟我一起吃、一起住，你應該最清楚吧？我有收到什麼可疑信件嗎？有拿著無線電講話嗎？那種事，只要知道點社會情況、有點正常的判斷力，任何人都可以推論出來吧——」

還好戰爭已經結束了，不然要是再打得久一點，我就算是在岡山縣鄉下，搞不好也還是會再被憲兵隊或特高抓走。就算死命抵抗說什麼證據都沒有，那畢竟是個只要對政府不利，就可以被當作散播不當謠言、嚴厲處分的年代。

不知道一切到底怎麼回事的複雜心情

戰爭結束後，被徵召去當兵，從校園裡消失了的學生們又陸續退役，一個個回到校園。另一方面，沒去當兵，將於九月畢業的同學們則幾乎都已經找好了工作。即便在兵荒馬亂的那種時局裡，東大畢業生依然是菁英中的菁英，大藏省、日本銀行等一流銀行、一流商社隨便你挑，但那麼優渥的就職環境卻跟我毫無瓜葛。

不管在戰爭的當下或在戰後，經濟學部學務處的門口告示板上永遠都貼滿了徵才廣告，很多也都令人很心動，可是沒有一個是我這種殖民地出身的人可以去應徵的，就算去了，也只是被回絕而已。就算有幸應徵上了，可以斷定地說，一個殖民地出身的人也絕無可能將來當上社長或董事長。戰時都那樣了，更何況這當下是日本剛戰敗，所有政府單位跟大企業都忙亂成一團的危急時期，怎麼可能會有人那麼好心把我撿去用？

於是我便跟眾多臺灣留學生一樣，一心期待早點回臺灣。但那時大部分的船隻都已經被擊沉，內臺航線依舊停駛，也不曉得什麼時候才會復航。結果沒能回國，也沒什麼工作機會的我最後就只好選擇留在研究所。後來回頭想想這段時期，雖然我是一個跟研究這種象牙塔沒什麼緣分的人，但我那時候還真一心想往學界發展，儘管繼續升學也不可能當上東大教授，可是我想，等我回去了家鄉，至少可以掙個臺大教授當當吧？

於是便去請託北山教授讓我進入研究所，並且選擇了財政學作為專攻。原本一個連自己國家都沒有的人，去選擇財政學作為專攻，這我之前連想都沒有想過的，但日本戰敗後，我有了自己的國家，於是我想，學點財政學，搞不好以後可以為國家貢獻。因此在徵得了老師同意後，便向經濟學部遞交入學申請書，正式拿到了許可。在那個年代，連飯都沒得吃了，根本沒人會選擇繼續升學。我確實記得在跟我一起進去研究所的學生裡，只有一個難波高校畢業、從大阪來的薄信一，就只我們兩個人而已。

就這樣，有一天我正要走去研究室時，居然在走廊上撞見了長尾淳一郎！我一瞬間懷疑我到底看見了什麼，該不會是撞鬼了吧？

「喂——！你還活著啊——！」

我當下馬上放聲大喊。

「活著呀，就是還活著呀——」

半年前還一起整理書籍的長尾，這下依然用他一貫吊兒郎當的口氣回答。

「你沒碰上原爆嗎？」

「碰上了呀——！還好那時候在家裡，不曉得是不是穿了一件高中時代的灰白褲子跟白襯衫，光被反彈回去，我只聽見碰——一聲好大的巨響，我家整個都平了！一回神，我已經被摔到玄關的地上。趕緊爬起來呀，趕快就逃去我媽跟我妹避難的外地了。」

「太好了太好了！你沒事真是太好了！」

我馬上拍了他的肩。

「不過我爸沒逃過。他有個朋友剛好那時候走了，他正在去參加喪禮的路上。」

「知道人在哪裡走的嗎？」

「不知道呀。就那樣下落不明。那些死者的臉，根本不是能確認的狀態。」

「真的太遺憾了。不過你沒事，真的太好了！」

長尾說他已經找到第一銀行的工作，這趟上來，是為了準備。後來全世界都在討論廣島原爆，原爆的後遺症也引發廣大關注，幸好長尾雖然碰到了原爆，卻沒事，之後一直在銀行待到了退休，現在還活得好好的。

同時間，我雖然留在研究所，心情卻比那些直接面對戰敗現實的日本朋友複雜許多。我不曉得究竟是什麼狀況，原本被壓在戰敗國國民底下的臺灣人跟朝鮮人，忽然一夜之間就變成了戰勝國的國民了，這都是因為盟軍的方針。美國人決定讓至今為止飽受日軍欺侮的臺灣人跟朝鮮人，從此被當成戰勝國的國民對待，所以我們糧食上也有特別配給，也能自由出入剛成立的ＰＸ（駐日盟軍專用商店）。還有，每天擠得滿滿的電車裡，有一個車廂是專門只准給駐日盟軍用的，我們也能搭那車廂。

可是這種明明自己什麼心力也沒貢獻到，卻能享受如此特權的情況，讓我心底產生了一種抗拒感。我其他在大學裡面的朋友們也是一樣。所以我沒有特地去區公所辦手續領取特別配給，電車擠滿人時，我也不會去搭乘專用車廂。可是一些從臺灣被招募到神奈川縣高座的海軍工廠，將近一萬名未滿二十歲的少年工們卻不知是不是沒什麼教養學識，總是在外國人專用車廂裡面裝大爺、在月台上一看見不對眼的日本人便單方面施暴，引發日本民眾反感。我心底很憤慨，「為什麼要做這麼丟臉的事！這樣不是跟日本人在殖民地或中國大陸的佔領區幹的事情一樣嗎！」

那些人會去ＰＸ用紙箱裝滿砂糖跟肥皂，運去黑市銷貨，在盟軍管控底下的日本社會大搖大擺。這些人，日本人心裡是決計不會原諒，證據之一就是日本人就把朝鮮人跟臺灣人等舊殖民地的人稱為是「第三國人」，以跟戰時正面與日本對抗的其他戰勝國的國民區別。不過，話說回頭，我們這些也沒怎麼做事的留學生居然能在糧食短缺的東京活下來，還是多虧了大東亞學生寮裡這種特別配給，而且還是以比外面低廉許多的公定價格販售，我們才能在裡面過著比在外頭遠為舒適的生活。

新生臺灣建設研究會與東大社研

就我的心情來說，我是連片刻都恨不得早點離開那樣的環境，因此最好的辦法就是早點找到機會回臺灣。當時日本政府已經完全喪失出船去外國的海運能力，美軍也沒能力幫忙照顧臺灣人，因此完全不曉得到底什麼時候才會有船班出發。可是我們一群臺灣人心中依然滿懷希望，因為至今為止，像一顆大巨石般壓在頭頂上的帝國主義日本已經消失了，我們臺灣人可以治理自己的臺灣了。當然，蔣介石的國民政府之後應該會進入臺灣，可是他們應該不會把我們當成被統治的人民吧。彼時人人都如此深信。只是要不了多久，大家就會發現，這批人居然是比日本人更遠為惡質的欺壓者，但當時大家都還不知道，不知道就是福氣。至少在那時間點上，在日本的臺灣留學生沒有一個不是充滿朝氣。

在那之前，各大學裡頭臺灣留學生之間彼此並沒有連結，因為要是隨便聯絡了，聚在一堂，又要被特高懷疑了。可是現下已經沒有這種顧慮，於是有些勤奮一點的學生，就願意幫忙建立臺灣人之間的聯絡管道，有了個叫做「新生臺灣建設研究會」的聚會，大家開始會定期相聚。那時候，在東京的一些臺灣人前輩裡頭有東大法學部畢業後，在大藏省擔任地區專賣局長的朱昭陽先生、早稻田畢業後為了遠離總督府統治而在代代木上原那邊蓋了棟大宅的臺南市出身的大地主謝國城先生，還有一位很年輕但從中央大學法學部畢業後進入了東京都工作的楊廷謙先生等人，其中又以最年輕又最有活力的楊廷謙最是勤快地幫大家服務，他有時還會在清正公前的東京都宿舍借聚會廳給大家辦研討會熱絡活氣。當時各人暢談抱負，擘畫未來美好藍圖，有想在將來回到臺灣後去大學任教的、有想在財界活躍的、有想在官方負責金融或財政工作的，任憑誰會想得到，本想在臺大一展長才的朱昭陽先生，日後會連想辦所私立大學都不獲許可，最後好不容易才找到一個延平中學的校長職務。而楊廷謙因為他那身硬骨頭，被當成了叛徒對付，一輩子被關在牢房裡。只有人很好相處的謝國城，當上了火災保險公司的老闆，在商界存活下來，後來也成為馳名全世界的臺灣金龍少棒隊總幹事[16]，終是保全了性命。這些，真的是我們這些凡人怎麼想都想不到的啊。

好了，就這麼一邊跟臺灣人之間密切保持聯絡，一到了十月，我也上研究所了。研究所裡，那些沒有被送去海外而是在日本當兵的學生們，又陸續退役回到校園，有些可以直接畢業的就接著出社會工作，不過很多人是大學唸到了一半，突然被抓去當兵，這下子，校園裡頭擠滿了好幾年份的學生，教室裡滿得都快擠不下了。學生們從以往嚴格的管控裡頭被解放了出來，彷如初次吸到

16　譯註：可能筆誤，謝國城擔任的是臺灣省棒球協會總幹事。

新鮮空氣的人一樣雀躍地享受言論與集會自由。之前勤勞勞動時，與我一起留在研究所的薄信一，這下子跟我都變成了那些重回校園學生們的前輩，於是我們兩人便帶頭組成了一個叫做「東大社會科學研究會」的社團。教務處盯著我們說成立時要找一個指導教授，名義上的也好，於是我就跟薄同學商量，去請大河內一男助教授幫忙。為什麼會找他幫忙，因為北山教授之於那些左派同學來說太右了，他們不會同意，可是我跟薄同學又不太想去找戰後重新恢復教授職位的大內兵衛教授那些左派學者，於是就是這位在左右兩邊游移不定、有點哈姆雷特性格，人又不會太強勢的好好先生——大河內教授了。

我們在告示板上預告要召開成立大會之後，竟然有多達三百個人來入會，全都是一些堅定的馬克思信徒，不是的只有我跟薄同學而已。薄同學老家是大阪商家，他在務實的環境之中長大，我本來以為他畢業後應該會去銀行商社上班吧，但沒想到出乎我意料之外，他竟然繼續唸研究所，所以他不是什麼會耽溺在馬克思主義式世界中的那種人。而我呢，我雖然在戰時把遮雨的木板裝在窗子上，拉起窗簾來躲在房裡偷偷讀那些左派禁書，但戰爭一結束，左派書籍不再被禁了，我也就失去了興趣。

跟我們兩人相比，那一大堆馬克思信徒根本還只不過是剛見世面的小屁孩而已，講的都是什麼要辦讀書會輪流讀《資本論》這些幼稚提議。我說書可以自己一個人看，好不容易大家這麼多人聚在一起，應該要善用團體力量，共同做點什麼。比方說，我們可以去田調一下住在火災現場臨時屋的那些人的生活樣態、輿論調查。由於我的提案最為具體，很多人覆議，於是我就跟薄同學徹夜把要調查的項目具體寫出來，比方說，一個家庭裡有多少人一起住、臨時屋的空間有多大、一個月生活費大概多少、有多少收入儲蓄，甚至是對於天皇制有什麼想法等等。我們把所有提問的內容，整理成能收納在兩頁的篇幅內。

後來這些草案全都是用經濟學部研究室的油印、紙張還有計算機去做統計，整個研究室一起義務幫忙進行，從教務處主任太田先生，以至於所有女性事務員都很高興地幫忙。我那時候很常在東大新聞出入，跟校內新聞總編輯櫻井恆次先生很熟，所以事前就跟他講好，等調查結果一出來，就幫我們刊登在東大新聞上。

可是等到真正開始實際調查了，原本聚集了三百人，竟然只剩下了三十個。那些血氣方剛的學生們雖然有興趣聚在一起熱血沸騰，卻好像沒有興趣去實際進行一些不起眼的田調。但我們並未垂頭喪氣，我們還是就三十個人，分頭去仔細調查了大森區、蒲田區、荏原區還有小石川區、本鄉區等現今已經被合併或廢除的區域裡頭的臨時屋，一間一間地去訪談，把收集來的回答分類統計，化為數據。我生平第一次用機械式的老虎計算機就是在那時候。那跟現在這種計算機不一樣，操作很複雜又很花時間，而且還不正確，但總之，就這樣把結論給歸納了出來，以我的名義刊登在東大新聞上，題名為〈壕舍生活者之實態暨輿論調查〉[17]，佔掉了只有半張大的校內新聞整個內頁。東大新聞每個禮拜只發行一次，就那麼被我佔去了一半，想來櫻井兄當時也很果敢啊。

後來想想，今日時常出現在各大報紙上那種佔掉許多篇幅的田調與輿論調查，我當時算是開了先端吧。當時美軍佔領下的各大報社裡，根本沒人想到要這麼做，報上也沒那麼多篇幅提供，但沒想到，真的只是偶然間，我這樣一個單純的研究所學生在朋友們的幫忙下，就開啟了濫觴。我在那之前從沒想過要當新聞記者，但那時候我不免揣想，既然我可以靠自己做出一套辦法，搞不好我真當了記者，還會闖出什麼名號呢？

很有意思的是，當田調結果刊登在東大新聞上後，朝日、每日、讀賣甚至連日經都在他們自己的報紙上轉介了我的田調內容。雖然我沒有藉此一舉成

17 譯註：壕舍指在半地下式防空壕中所搭建之簡易房舍。

名，但也在校內風光了一陣。於是新年一過，我便決定要開始進行針對上野地下道那些露宿餐風的流浪漢進行實態暨輿論調查。只不過這項田調才進行到一半，忽然有個好消息進來了，說是有船要從橫須賀港出發，載臺灣人回去，我如果搭上那艘船就可以回臺灣了，叫我趕快準備。

離開戰後焦土回臺

等啊等，終於等到了那一天。快要三月時，我妹妹在日本女子大學的畢業典禮上代表全校畢業生致詞。我想她成績優異當然不在話下，但她的名字叫做「堤孝子」，一看就是個日本人，應該也幫了一點忙吧。但總之戰爭結束了，她也要回歸我們邱家二女的身分了，我給她取了一個名字叫做「邱素沁」，那後來也成為她往後一輩子的名字。她拿到畢業證書後，決定跟我搭同一艘船一起回臺灣。

站在大火後滿目瘡痍的東京街頭，看著往來的路人我心底揣想，不知日本何時才能又恢復往日風景。有些人說至少也要五十年吧，不，甚至報紙上還更悲觀地說著什麼至少也要一百年。放眼望去，的確舉目所及盡是廢墟，也難怪會有這種說法了。但現下就朝著這片荒蕪的廢土，有一個又一個日本人正從海外歸國，究竟要怎麼樣在這樣一個小國家裡、在如此一片沒有工作機會的土地上養活超過八千萬人呢？我接下來就要回去一個一年可以收成兩次稻米的熱帶臺灣，不怕，但被關在這片土地上的日本人呢？他們究竟會不會被餓死的恐懼所襲擊？思及自己母親的國家，日本的未來，我開始感覺腳下發軟，心頭也湧上了一陣無由來的心慌。

因為顧及自己的因素，我研究所唸到一半就離開東京了，只剩下薄同學一個人，逐漸無法維持「東大社會科學研究會」。我回到了臺灣後，聽說薄同學不曉得是被東大社研給趕出來還是自己走的，總之東大社研宣告解散，以全學聯的基層重新出發。若這消息是真，那我們當年搞不好就埋下了日後震驚全日本的學運種籽了。直到多年以後，我又再度回到東京，當了作家後受東京新聞委託去採訪過全學聯的學運抗爭，那段時間看著那些十足硬派的全學聯現場，不禁自嘲：「我以前是全學聯，現在是資本家走狗啊……」那時的我，大概已經預見了日本即將因經濟發展而擠身全球富裕國家之林，而自己也將埋頭一路朝著「賺錢之神」的道路奮進吧。

心向臺灣獨立

才四、五個月就讓民眾怨嘆的國民政府

昭和二十一年（一九四六）二月，日本政府戰敗後為了將日軍從臺灣撤離，從橫須賀港出船前往臺灣。我跟我妹搭上了那艘船，由與即將撤離回日的日軍完全相反的路線回到了臺灣。那時的景況我寫在了被提名直木賞但落選的拙作〈濁水溪〉之中——

以三民主義建設新臺灣

基隆港岸的倉庫牆壁上，寫著一個字有一坪那麼大的幾個大字。一整天，我就從隔離於港口外的貨船甲板上，遠遠眺望著這幾個黑色油漆標語。天色一暗，標語沒入蒼茫中，倉庫則亮起了霍亮的燈火。等我們的船一到岸，緊接在我們後頭被船班送回日本的那些日本兵，現在就集中在那邊。

「啊——！總算回來了！」我還記得第一眼瞧見故鄉山海時，五臟六腑中源源湧出的那股激動。但是船卻被困在港口外不能入港。包括我在內，船上總共載了大約兩千個臺灣人，大部分是戰時被海軍徵召去神奈川縣高座勞動的十五歲到二十歲的少年工。三千噸的老舊貨船就被我們這些真人實貨給擠得連腳底下踩的地方都沒有。夜晚如果大家都躺平睡覺，不知道有多少人要被擠出草蓆外，於是就只好你貼著我、我貼著你，身體跟身體像生魚片貼在一起一樣睡覺。白日時不會，但一到了夜裡，天花板上便滴下水滴，從橫須賀港出發的第一晚還以為是甲板漏水呢，但很快便發現，原來是人類的鼻息一上升碰到了冰冷的鐵板，液化成了水滴。排氣很差。船艙內空氣糟得令人窒息。跳蚤以迅雷不及掩耳的速度猛烈繁殖。在那樣糟糕的衛生環境裡，船一離開橫須賀港的第三天，船上就有人染上了天花，老舊的船只好又搖呀晃啊，掉轉方向先去了佐世保港，拿了陸地送來的疫苗補給後馬上就把所有船客都打了疫苗。接著又花了六天在太平洋上一路往南，好不容易才抵達了基隆港。

就這樣，回臺第一步便出乎意料起了波折。為了確認有沒有人感染天花，先把我們船在基隆海口隔離了八天。由於臺灣人一出生便打疫苗，不怕天花，倒是船上跳蚤如泉湧，為了除蚤，在我們頭上灑了白色DDT粉。後來發現DDT粉對人畜有害，從此禁用，但那時那是最新、最有效的除蚤藥。拜此所賜，沒有人帶著跳蚤上岸。

從東京出發後過了兩星期，才總算獲准上岸。可是一上岸，腳下一踩上了那大千世界後，卻即刻迎來了從未想像過的情況。耳朵中先傳進的，是那些蔣介石國民政府送來臺灣的官員們的謠言，還有對於威信掃地的軍隊之厭惡。臺灣人原本厭惡日本的殖民政策，不滿又反感，因此日本戰敗無條件投降後，大家都視蔣介石為解放臺灣的英雄人物盛大期待，但沒想到，一見到那些從基隆港上陸的國民黨部隊，竟然是穿著藍棉襖、手上拿著紙傘而不是帶槍，別說穿軍靴了，根本連穿布鞋的人都很少。那些人就赤腳扛著扁擔，兩頭簍筐裡裝了鍋子跟火爐，就那樣嘿咻——嘿咻——地進軍。原本圍觀人群還期待能看見什麼打敗日軍的精銳部隊呢，沒想到見著的竟然是那副景況，連看的人都覺得丟臉了，早早鳥獸散去。國民黨的威望也就此一敗塗地。

光這樣還好，沒想到行政長官陳儀率領的那一票官員竟然舞弊猖狂，公然堂皇地蠻幹。譬如他們看見日本人交出的財產清冊上有「金鎚」兩個字，就以為那是黃金做成的鎚子，下令把那品項刪掉，結果一上繳才發現不是金子做的，居然只是把普通槌子，鬧了笑話。還有因為沒船班，只好跟學校借用雨天操場來堆放砂糖，砂糖都堆到了天花板那麼高了，一斤砂糖的價錢竟然掉到比一斤菜還便宜的奇事。然後大陸來的那些狗官們，就把砂糖徵收運去上海，賺來的錢全污進自己口袋。

來接收瑞芳金山的官員們貪圖卡在馬達裡頭的金粉，竟然叫人把馬達拆了。徵收啤酒公司的官員，把啤酒花那些原料賣掉私吞，搞得生產無法順利運作，還擺出了一副什麼都不曉得的無辜臉。至於那帶頭的老大哥陳儀，則讓臺灣總督府的祕密印刷廠沒日沒夜地印製大量紙幣，企圖藉此維持財政，結果搞到紙幣價值劇跌到不到原本四萬分之一，全臺陷入大通膨，根本別說指望什麼生產力恢復。

這些國民政府的軍隊官員來臺灣還不到四、五個月，卻已經搞到全臺走到哪裡都是一片怨聲載道。對於懷抱著滿腹理想，想著接下來靠自己建設新臺灣的從日本回來的留學生來說，真是再劇烈不過的打擊。我根本不知如何起步，只好先回故鄉，我父母所在的臺南市。

大通膨中跟父親為了財務處理爭執

臺南市在美軍接連空襲下受創很嚴重，我長大的那個家也被燒夷彈扔中了二樓屋頂，燒毀一部分，還好火勢沒有蔓延至家中，房子好歹還在。當時養育我的母親已經過世，我的父親與生母都幸好平安無事。不過戰時經濟管制之下，父親在果菜市場的生意還有給軍隊供餐的服務都被市府接管了，我父親只能在工會撈一個理事的工作做，變成了上班族，靠著手頭上還剩的一些錢過活。

那時走在臺南的路上，常可以看見車站前跟亭仔腳下擺了一些準備撤退回日的日本人拋售的家中什物跟書籍，很多都是我想看的，但我沒錢。我很想買書，只好跟父親伸手，但我父親搖搖頭——

「你看看人家隔壁老讚，跟你同年，就只有唸到公學校，但聽說人家從神戶回來的時候，帶了好幾卡皮箱的藥跟藥材回來，賣掉的錢拿去買了房子，街頭巷尾都在傳呢。你呢？你念那什麼東大，就名字好聽而已，什麼賺錢的也不會！你念那麼多書有什麼用？」

叨念了我一頓。

我那時候總算好歹忍住了。我很想反駁說唸書又不是為了要賺錢。但在中國人的社會裡，這一套說法是不管用的，很多人都認為唸書就是為了要賺錢。何況別管學問不學問，我明顯在理財方面就是比不上隔壁的兒子。

父親既然能同時把我家上頭這四個孩子都送去東京跟臺北等地唸書，就表示他在小城市裡面算是個還滿有能耐的商人。可惜他雖然有便宜買進、抬價售出的經商本事，對於整體經濟會如何變動、通膨當下應當怎樣保全資本完全沒有任何概念。身為商人，他的原則就是不借、不賭、不玩股票，但他自己雖然嚴守這幾個原則，對於別人卻是一拜託就借錢出去。當然對於兄弟姊妹親戚們是不收利息的，但對於其他經商同行或者鄰居，則會收點利息。

我們長期居住的那棟二層樓房子，其實是跟就在我家隔壁的那家冰店租的。冰店老闆跟我父親借了錢，這聽起來很奇怪，因為是房東跟房客借錢，不過我們家就靠著那筆借款所孳生的利息，每個月付完了房租還有剩，所以我從小就聽大人們講，這比自己買房划算。但這點小聰明，遇上了戰後那麼嚴重的大通膨卻完全不管用了。我們借給房東的錢是兩千圓，借給他時，那筆錢差不多可以自建一棟房子，但嚴重通膨襲擊而來後，光一雙鞋子就漲成四千圓了，這表示房東只要付半雙鞋子的錢，就可以把那筆欠了幾十年的債款還掉。

通膨的時候利息飆得很高，一個月的利息差不多二十分利是正常行情，所以父親就把他所有的財產套現，備足了三萬塊現金來借給別人，每個月賺六千塊錢的利息，賺得眉開眼笑的。正好那時候我從東京回來了，我在東大經濟學部的時候，聽說過德國在一次大戰後的惡性通膨情況，當時有個非常節儉的哥哥跟一位很愛喝酒揮霍的弟弟。哥哥連吃飯的錢都省，省下來的錢就那樣一點一滴存了起來。而弟弟呢，沉迷酒精，家後頭院子裡堆滿了威士忌跟啤酒的空瓶。好啦，大通膨來襲，弟弟把那些空酒瓶賣掉的錢，竟然比存了一輩子錢的哥哥的存款還多。

還有到了發薪日，員工的太太們就等在工廠外，等一手拿到了先生們給的薪水，馬上拔腿狂奔，趕忙去各地採買。為什麼要用跑的呢？因為就連走的時候物價都在飆漲呀！這些就是我對於通膨的認識，但沒想到同樣的情況竟然出現在我剛回來的這個從小長大的故鄉裡。隔壁那個連利息都付不太出來的冰店老闆，竟然一下連本帶利都還了回來，這就是證據。

我跟我父親講起惡性通膨的嚴重性，勸他不要再借人家錢，因為本金變薄，到頭來全部都要打水漂了。父親聽了氣得不得了，臭罵我說：「我借人家三萬塊，每個月利息就有六千塊，我們家每個月三千塊就能生活，每個月本金都變厚，你怎麼連這個都不懂哪——？」

但我跟他解釋，利息會飆得這麼高，都是因為錢正在迅速變薄，不出一年，三萬塊就會貶值到不到三千塊的實質價值，保險起見，我們應該要大量買進現在正比菜還便宜的砂糖，囤貨為上。父親聽完後整個人都要爆掉了，狂罵我：「好不容易給你唸到大學畢業，你連這麼簡單的道理都不懂，你是怎麼回事呀你！三萬塊怎麼可能會變成三千塊？你是頭殼壞掉呀——！」。我這才意識到，父親只堅持認定幣面上的價值，他沒有想到貨幣的價值其實是靠著它能買到多少東西來決定的。對一個半世紀都活在日本統治底下，早習慣了物價安穩的人而言，這是很正常的情況，可是這樣下去，他遲早會失去一切財產，可是我還能怎麼辦呢，只能袖手旁觀。

被敵視的臺灣知識階層

在臺南，我姊與我妹以前唸過的一高女被降級成了二高女，原本臺灣人唸的二高女，則被升格成了一高女。排行在我底下那個被我取名為「素沁」的妹妹，進了新的一高女當老師。我們那鄉下地方沒有什麼我可以做的工作，一直待在家裡看我父親損失所有財產又很煎熬，於是不到兩週，我便決心上臺北。

跟我一樣從日本回到臺灣鄉下後沒地方可去的東京時代的朋友們，全都聚集到了臺北。總之，得先找個工作，於是我便去拜訪了前臺灣總督府主計局長鹽見俊二先生。鹽見桑為了交接事宜而續留臺北。他把我跟中央大學畢業後曾在東京都廳工作過的楊廷謙，送進了主計局的後繼單位——臺灣省財政廳。鹽見桑回去了日本後，馬上從高知縣出馬競選參議員，後來又擔任好幾屆大臣。他好像很期待我跟楊廷謙這種受過日本高等教育的人，能夠為臺灣將來的財政掌穩方向，但可惜新成立的財政廳就只是人多而已，根本沒什麼事可做。

不過上班的時候還是得好好待在辦公桌前。桌上放了毛筆跟硯台，要是想練書法的話，那是再適合不過了，可惜我們這種一心想盡一份心力的年輕人，真是每天無聊到「掠虱母相咬」。血氣方剛的楊廷謙才做了三天，就踹了他的桌子岔喊：「不幹了！」而我呢？雖然多少懂得忍耐，但我也只是三天跟三個月的差別而已，最後也跟他一樣，放棄了公務員的飯碗。

那時正好有位在新店那地方挖礦的新發財的人，叫做劉明。就像戰後日本，礦業大亨走路都特別有風，臺灣也是礦業的人特別吃得開。劉明那人臉瘦瘦的，一看很溫柔，但因為工作關係，很習慣抬著下巴指使一些粗野人。他做人很有點義氣，花錢也不手軟，看我們這些日本回來的過得這麼不順，便主動說：「我去跟那些財界的募款好了。」因為那時我們這些留日的人在職場上不是被攆走，就是連臺大教職員的位子都沒得坐，所以我們就決定乾脆辦一所私立大學，讓朱昭陽當校長。我們的「私立延平學院籌備處」就設在了劉明的辦公室一角，大家成天到晚都窩在那邊。

但這私立延平學院的成立事宜卻遲遲沒進展。因為行政長官公署把我們這些人視為是反政府分子，不但遲遲不肯發下許可，還公然指責我們是「受日本帝國主義教育的不良分子」，因此辦大學的事就這麼被拒絕了。但由於也要顧及那些去跟教育廳交涉的人的面子，最後就好不容易勉勉強強答應讓我們降一級，成立初高中。不過，沒多久後，針對臺灣人反政府運動的打壓愈來愈嚴厲，稍微被當局視為反抗分子，便會被檢舉，抓進監牢。不然就是流放到邊疆，關去綠島（日治時代的火燒島）。我聽見最為活躍的劉明也被抓進了監牢去的時候，我人已經逃離了，逃到了香港去過流亡日子。當時心中真是感慨萬千，要是我還待在臺灣，搞不好也會遭遇同樣的命運吧。

那時我本來想，要是辦成了私立大學，我也想去跟人家擠一擠、當一當教授，於是在還沒拿到許可的過渡期，便先去了一所叫做大同中學的地方當英語老師。當時是教一些連ABC都還不會的孩子，還能混一混，不過我這種日本學校學的英文應該很快就會露餡了，所以我那份教師工作也只做了三個月就辭職。

就這樣，混來混去，沒個安定地過了半年多，終於意識到了從中國大陸來的政府，其實是把我們這些臺灣知識分子視為眼中釘。雖然給我們一個形式上的省參議會跟南京政府參政員選舉，但那些選上的，全都是跟著新政府從大陸一起過來的臺灣人，至於從日本時代就一直住在臺灣的原本的臺灣知識分子及有力人士，全都被新政府給竭力排除了。我們臺灣人叫中國大陸叫做「長山」[18]，所以戰後從大陸過來的外省人，就叫做「阿山仔」、跟著阿山仔一起回來的臺灣人則是「半山仔」。不用說，都隱含了輕蔑。

省參議會議長的黃朝琴、華南銀行董事長劉啟光，後來擔任內政部長的連震東，還有再晚一點擔任副總統的謝東閔，全都是「半山仔」。這些半山仔是在日治時代因為反抗日本人而逃去了中國，就只是這樣，卻在回臺後被當成抗日有功而成為論功行賞的對象。我們這些從日本回來的，則不但被冷落，還被從所有政府機關裡頭攆走。我們眼前只剩下了幾條路，不是去當一個與政局無利害關係的老師，就是經商，就這樣。

那陣子我常在臺北跟一些從日本回基隆的船上認識的年輕朋友們碰面，大夥都在回臺灣後遇到了一樣的困境。於是就說，那不然大家一起創業好了，來當企業家！便各自出了一點錢，成立了一家承攬產業建設工程的外包公司。我朋友認識的人裡剛好有個日本時代做外包高空作業的工頭，便請那個人負責所有工程經費估算還有施工事宜。

18 由於閩南語這兩個詞同音，「長山」經常被混肴為「唐山」。

那已經五十歲的工頭師傅，不愧曾經在日本人底下做過事，非常老實，而且很有氣魄。只是我們只承攬到了一項工程，拆了老舊設備，重新建好了儲槽後便沒有其他案子了。好幾個月，我就天天帶著公事包，去事務所坐在總經理位子上，漸漸地連房租都快付不出來，最後只好關門大吉。

我那時候搬進了我弟弟一位回去日本的日本朋友所留下，位在大安十二甲的房子，幾乎不用付房租，但我也不能天天混吃等死呀，那時候，臺北的美國領事館已經成立，副領事竟然就是我們高中時代教英文的葛超智老師。我再度看見老師後，才恍然大悟，原來老師在戰時是美軍在臺灣的情報員呀。他在大東亞戰爭即將開打前，也對我們這些臺灣學生非常關愛，很受大家愛戴。他看見臺灣光復後臺灣人的生活比日治時代還慘，便直接幫我們去跟行政公署的官員陳情，我們這些昔日學生又跟從前一樣，非常仰慕老師，一天到晚跑去窩在他家。

同樣也是那時期，一對叫做廖文奎、廖文毅的兄弟也從上海回臺。他們是臺南州西螺的大地主兒子，兩人都拿了博士。文奎兄從芝加哥大學畢業後任教金陵大學，還是個曾英譯過《韓非子》的學者。他弟弟文毅則是密西根州立大學畢業的工程師，不過他的政治家性格比他的工程師性格濃厚許多。兩人都是從大陸去美國留學，英語講得跟中文一樣溜，經歷與我們這些人很是不同，兩人都娶了美國人。本來他們也是「半山仔」，可以乖乖當國民政府走狗的，但偏偏他們兩人都呼吸過了美國那自由平等民主的空氣，不甘只是做當局的走狗。文奎兄住在上海，有時回來臺灣，文毅兄則是帶著家人搬回了臺北，就住在離我住處不遠的豪宅裡，更在市內事務所發行了一本叫做《前鋒》的雜誌。

廖文毅兄透過這雜誌，把不滿被政府無視的分子集聚起來，定期舉辦名為「省都無力者會議」的座談會。我對於他們到底在幹嘛實在很好奇，不時會去偷看，可惜我雖然是一個堂堂東大畢業的年輕人，當年還只有二十二歲，每一次都把自己縮成小小一隻窩在角落裡。第一次見到文毅兄時，他蓄著一對像羅納・考爾曼[19]那樣嘴上短短的兩撇鬍，繫了小領結，穿著白色麻料西裝，一看就是留洋歸國的打扮。這種人，到底為什麼不跟國民政府沆瀣一氣，反而要跟我們這種無力者站到一塊呢，我覺得很不可思議。

撼動全臺二二八事件

一過完年，臺灣發生了撼動全臺的二二八事件。廖家兄弟當時人正好去了上海，可是蔣介石援軍一從基隆上岸恢復秩序之後，行政長官公署便指名廖家兄弟是二二八事件煽動者，發布了全臺通緝令。怎麼想，廖家兄弟都應該與二二八事件無關，可是趁這種時候，將向來視之為眼中釘的心頭刺除之而後快，這向來是國民黨的作風。雖然臺灣發出的通緝令一時片刻還危及不到人在上海的廖氏兄弟，但我還在臺北時，聽文毅兄的姪子廖史豪說文毅兄臨時決定不回來臺灣了，搬去了香港。

從我先前提到的那些情況裡應該也可以略知一二，二二八事件其實可以說是一場原本就會發生的暴動。貪官污吏橫行霸道、濫權瀆職，臺灣人一個個被踢出了公家機構，在這樣的情況下，甚至還出現了急劇惡化的大通膨，可以說，民眾的日子過得比戰時還艱難了。一包包的米跟糖，就這麼被從基隆港運去了上海，再從上海走私香菸運進臺灣。當時臺灣有從日治時代就有的專賣局，人民不可以私賣菸酒，但外省人哪管你這些，私運菸草進來販售給一般商人，當時臺灣人苦於沒有工作，困苦的人只好偷批私菸在路上賣，雖然知道這樣做是違法的。然後接著呢，那些專賣局的巡邏官再來查緝私菸，統統沒收。

19 羅納．考爾曼（Ronald Charles Colman）：英國影星，曾獲奧斯卡最佳男主角獎。

原本要辦，應該要辦那些走私菸酒的，但專賣局卻對那些非法走私睜一隻眼、閉一隻眼，專欺負沒有法子的老百姓，這就是國民政府的作風。

戰爭結束後兩年，也就是一九四七年二月二十七日時，專賣局查緝員一如往常正在外頭查緝時，逮到了一位賣私菸的老婆婆，要沒收她的菸。這位老婆婆跟查緝員跪下，苦苦哀求，可是查緝員沒血沒淚地欺負她。這時候，剛好一個在二樓陽台目睹整個情況的男人，對著那些查緝員喊：「你們放過她吧！」沒想到查緝員一把舉起槍，把他射殺。這名男子身子前仆，趴在了陽台扶手上，心臟遭子彈貫穿。

很不巧，這個男人剛好是大稻埕的鱸鰻（流氓）家人，人家哪有可能不作聲。於是隔天，二月二十八日，這群鱸鰻扛起了舞龍舞獅的面具。地方上一些有點頭臉的人趕緊四處招呼店家：「今天不做生意了，門快拉下——！」大白天的，店家們趕忙紛紛拉下鐵門，舞龍舞獅的隊伍由獅頭帶領，開始在路上遊行。一路來到了專賣局門前時，已經集結成三千人大隊。民眾們包圍了專賣局，要求「槍決殺人兇手、全面廢除專賣局查緝制度、專賣局長引咎辭職、負責死者治喪費及撫卹金」，並要求專賣局回應，但專賣局長一看形勢不利，馬上就躲得不見人影了。

示威隊伍等半天，等不到一個回應，不耐煩下終於掉頭往行政長官公署方向前進。原址是臺北市役所[20]的行政長官公署前面那片廣場，馬上被憤怒的群眾們擠得水泄不通。

「叫陳儀出來！」

「把豬官放出來！」

「槍決殺人兇手！」

20 今為行政院中央大樓。

群眾們怒喊咆哮。要是那時候陳儀裝一下，出來陽台上跟群眾們發表點有誠意的演講，也許當下混亂就可以結束了，但陳儀可能內心有愧，怕直接面對憤怒的群眾，遲不現身，甚至過了三小時之後，發現群眾們還不走，便命令武裝軍隊從陽台上開槍。長官公署上面機關槍亂發，人民倒下，血濺四地。憤怒的群眾們這一下更是怒火狂燒，有些外省人當時也混在群眾裡頭看戲，立刻被揪出來打。發狂的人民分成好幾大隊，殺進了專賣局內破壞，把菸從倉庫裡頭搬出來堆在馬路上點火燒了。一個佔領廣播電台的隊伍，立刻就向全臺廣播，要求「省政自治」。

這不管怎麼看都不是一次有計畫的反政府暴動，可是臺灣人一得知廣播電台已經被臺灣自己人給佔了之後，全臺各地一些政府機關紛紛被臺灣人攻佔，幾乎要讓人懷疑這會不會是事前就策畫好的？大家看見外省人抓了就打，搞得外省人只好躲進天花板或是改穿日本人穿的作業服。被日本軍訓練過的臺灣青年，高喊「代天行道」在馬路上遊行，自動自發組成了治安隊伍，架起拒馬，盤查過路人身分。臺灣女人怕被誤認成外省人，紛紛改穿洋服，不敢再穿漢服了。外省人裡頭有些人也跟臺灣人一樣會講福建話，所以治安隊伍一看見有點怪的人便強迫說：「喂，唱《君之代》！」臺灣人沒有人不會唱《君之代》（日本國歌），但跟著陳儀來的那些外省人就不會唱。

發生了如此嚴重的暴動，臺灣人的有力人士以及一些領導者一時之間都不知如何是好，但也不能放任無政府狀態這樣下去。於是以省參議員及臺北市議員為主，組成了一個二二八事件處理委員會，一面維持治安，一面跟陳儀政治談判。

會議連續在臺北市中心的中山堂（原本的公會堂）進行了好幾天，我也把工作丟著，跑去中山堂看是什麼情況。結果沒能進到中山堂裡頭。我還是年輕小伙子，在那些有力人士的眼裡，根本還派不上用場。

結果這卻讓我免去了牢獄之災，也免了殺身之禍。大陸的援軍一抵達臺灣，名字在處理委員會上的我那些前輩還有一些有力人士全都被抓走，再也沒有回來。我要是再多長個幾歲，稍微有點社會地位，恐怕也逃不過一樣的命運吧。

不能再奉陪了

陳儀將軍在情勢惡劣時，全面答應處理委員會所提出的縣市長民選、現任專賣局長免職、重新任命等等要求，但他一面虛以委蛇、一面偷偷打密電給蔣介石請求援軍。那些來的援軍跟之前參加日軍投降典禮而來的赤腳挑扁擔的鄉下部隊不同，是穿戴美軍最新裝備的精銳部隊，在基隆港上岸後，便對抵抗群眾不分青紅皂白一率掃射，讓基隆港躺滿了被槍殺的臺灣人民屍體。國民黨軍勢如破竹，進入臺北城，一下子，突然所有二二八事件處理委員會委員都被扣上了共產黨的紅帽子，逃得太慢或是覺得自己沒錯而出面自首的，全都成了不歸之人。

這一次事件死了五千人，甚至還有說死了一萬個臺灣人。我在國民黨軍四處掃蕩時，逃去我高中時代的學長，也是我從前文學好友的臺北一高女的新垣宏一那邊，躲在他家書架跟書架間閃避流彈，「事態變得太嚴重了，」我們徹夜長談直至天亮。

這件事讓大陸的中國人，也就是戰後來臺的外省人，跟原本就住在臺灣的本省人之間產生了永無可彌滅的鴻溝。日本統治臺灣五十年內，有大約一百個臺灣人從東大畢業，其中有三人在這起事件中被殺害。一位是臺灣大學文學院長林茂生先生，為了讓這起事件能畫下句點而竭心戮力，完完全全沒有任何政治野心也沒有任何政治色彩的一個人。另一位是王育霖，原本在新竹地方法院當檢察官，因為掌握了新竹市長竊佔美援物資奶粉的證據而告發，沒想到卻被法院的上司給解僱了。沒辦法之下，只好去臺北，在建國中學找了份教師工作。二二八事件發生後，糾察隊從新竹去把他押走，之後便沒有他的消息。另一位是擔任屏東市長的阮朝日[21]，也是被押走後就從此不知下落。

能夠找到屍體的還算好運，有更多是被綁了大鎖跟鐵線穿身，直接丟進了淡水河。事件結束後，發現幾乎所有被殺害的有名望的人士，都跟事件沒有直接關連。之後我便深深告誡自己，在中國人的社會裡，自覺無辜這種想法是不管用的，還有，一定要記得他們趁亂報仇的習性，做事時要考慮到他們這些性格，否則難以保身。

但那到底是什麼樣的人間地獄呢？我們以為自己終於掙脫了日本殖民統治，歡天喜地要回到了祖國懷抱，卻被槍口指著，成了「不聽話就殺」的機關掃射對象？這到底什麼跟什麼？一年前我滿懷抱負回來時，完全沒料到會發生這種情況，說我太天真也好，但事情總之來到了這般田地，不下定決心、做出決斷不行了。

那時候大概所有臺灣人心中都有一個共同想法——不能再奉陪了。當時國民黨跟共產黨在中國各地亂戰死鬥，腐敗至極的國民黨頹勢早不可挽，也因為這樣，為了退路著想，蔣介石對我們臺灣人的打壓愈趨嚴峻。我不斷絞盡腦汁，想著有什麼辦法可以讓我們臺灣人不用被捲進他們大陸內的爭鬥呢？最後確信除了讓臺灣脫離國民黨掌控外，沒有其他條路可走了。

21 阮朝日確實為屏東出身，不過時任《台灣新生報》總經理。

再見，我的臺灣

打算搭船偷渡再次去日本

一九四七年，戰後兩年，那時候想尋求臺灣獨立，大概不管誰都會覺得太荒唐吧。可是見到那麼多無辜同胞在二二八事件中被屠殺，實在讓人無法忍耐。蔣介石命令麾下彭孟緝對百姓無差別掃射的作法，比起天安門事件的殘虐有過之而無不及。如果天安門事件時，那些被政府通緝的追求民主的年輕人們沒有在正義感驅使下，鼓吹反政府，那麼任誰都會懷疑他們到底想追求什麼吧。

我那時也不過是個二十三歲的少年郎，心中正燃著正義火焰。一想到我們臺灣人該不會在國民政府統治下，過得比日本統治時的殖民地生活更悲慘不堪，心中便感到悽惻。唯一的解方，只有把我們臺灣從國民政府的惡政裡頭解放出來。但當時蔣介石正如日當天，他都可以去參加開羅會議了，要脫離他的魔掌不是那麼容易，萬一計畫敗露，要有小命不保的心理準備。那是個只要說兩句不滿政府的話就會被扣上共產黨員大帽子，立刻被送軍法裁判槍斃也不奇怪的時代。

我身旁的人每個人都對政府感到強烈不滿，但沒有人敢正面對抗，要推動反政府運動，就得集結同志，組織游擊隊，可是我又沒有相關經驗，也沒有人可以教我。而且說真的，我根本就沒那膽識。我腦中想得到的，只有先離開臺灣，從海外去推動。我告訴自己，孫文當年不也是先逃去了夏威夷跟日本，從海外跟滿清對抗的嗎？但事實上，老實說，我真出了國從香港與東京去推動獨立運動後才發現，根本沒效，那麼一點聲音根本像汪洋大海中的一點小漣漪，一下子就不知道消失到哪裡去了，傳不到任何人的耳邊。真正的革命，要是像共產黨那樣，直接打游擊戰殺起，要不了多久，我就認清了這項事實。

沒有勇氣的我大概出於本能，選擇了一條令自己少暴露在風險當中的路途吧。我想我必須再回日本一次，這應該是最佳抉擇。可是當時雖然有船來載日本人回去，但那些船也只載日本人而已。我弟弟耕南因為是日本籍，日本名字叫做堤稔，因此我媽說與其讓他去唸臺大，不如送他去東京唸大學，讓他搭了回日本的船去日本。再更早一點，我姊從上海撤退回臺後，也跟著她先生及兒子去了日本。

只有我因為是臺灣籍而留在臺灣，後來回想起這一切，要是當年自己有打游擊隊的膽識，潛進回日本的船應該不是難事，可能我真像那些國民政府諷刺的，受了「日本帝國主義教育」的荼毒，凡事都太過認真嚴肅。

眼前唯一一條道路，就只剩下搭船偷渡回日本了。日本跟臺灣間的交通網絡雖然中斷，但從蘇澳港或淡水港那邊都有魚船偷偷載滿砂糖，經由與那國島走私去日本。我一個高中時代的同學的哥哥有門路，我就特地跑去了淡水港那邊請教他。聽說最小的船大概八公噸那麼大，甲板上堆滿了糖，上面再蓋上帆布免得被雨淋濕。出貨的人只能睡在甲板船舷邊，因為根本沒地方讓人睡。晚上要是看到月娘太美，伸出手來說「哇——，月娘好美呀」，接著手一放下來就會直接碰觸到海水了。就是那麼危險的渡航。

儘管如此，還是有一個又一個冒險家不怕死前仆後繼，因為只要把砂糖運到當時極度短缺糖類的日本，就可以賣得十倍價，就算船老闆跟出貨的人對分，兩邊也還可以各自賺個五倍。

聽到這些話時，我已經決定要搭船偷渡了。我立刻回去臺南最後一次向我母親要錢。母親從她的私房錢中，拿出可以買五十俵[22]砂糖的現金給我，朋友的哥哥也把船老闆介紹給我，幫我談好條件，說另外有人出了現貨，所以我如果付錢給船老闆當成油錢，那麼我便可以分到我那一份。於是我付了他們要求的金額，還去梧棲港（今臺中港）確認了自己出錢的那艘船長什麼樣子。我本來以為砂糖會直接堆上綁在梧棲港的那艘一百多噸的木船，但他們說是空船直接出發，先停在一個小漁港趁半夜堆貨。因為不知道到底什麼時候可以堆貨，叫我先做好準備，以便隨時出發。我便又先回去了臺北市。

終於來到了要出帆的那晚。我接獲通知，拿著個小行李箱便跟著去了新竹縣那個漁村。天色一暗，船便出現在離岸邊有點距離的地方。接著馬上好像打了什麼暗號一樣，全村所有男男女女突然開始把藏在漁村各角落家庭裡的裝在麻袋中的砂糖搬出來，先堆在竹筏上運去木船邊，再搬上大船。我一直在那旁

22　一俵約六十公斤。

邊看，心想真是大陣仗啊，這不是走私嗎？忽然間，堆貨堆到一半的時候，來了陣大浪，把一百公噸的那艘船給打上了岸邊，沒法堆貨了，因為要先把已經堆上去的砂糖給搬下來，船身才浮得起來。大概我也不是太走運吧，那些漁民原本就只懂得抓魚，根本沒想到會發生這種狀況。

就這樣手忙腳亂之間，眼看著天就要亮了，船老闆跟出貨的人都快急瘋了。不曉得是不是有人跑去告密，忽然傳來海岸線巡防隊正往我們這邊來的消息。我朋友哥哥說被抓到就完了，今天先算了吧，於是我只好趕緊離開現場。

當銀行員挑戰博士論文

就那樣匆匆忙忙逃離新竹，衝上了開往臺北的夜行列車。我終於找到座位的時候整個人已經累得不得了，不小心就睡死了。好像我睡沉了的時候自己把鞋子給脫了吧，等火車一抵達臺北車站，一睜開眼，赫然發現我的鞋子不見了！好像是我睡著的時候被偷了。

後來跟母親講起了這件事，她對我說了重話。她說你連腳下的鞋子都顧不好，怎麼顧得了將來？我至今依然不覺得我朋友哥哥或那船老闆當時詐騙我，因為我就用我的這對眼睛，親眼在那邊看見了大家在搬糖還有船被沖上了淺灘的狀況。只是經過了這番折騰，我本來想當個現代紀伊國屋文左衛門[23]的美夢也滅了，母親的私房錢也沒了，就算我哭訴身無分文，也沒人會同情我。無法可想之下只好去找在東大的學長林益謙先生商量。林桑是個一路從一高、東大升上去的菁英，也是我們這群臺灣人的希望。他在總督府時代就因為成為第一位被派任金融課長的臺灣人而打響了名聲，大東亞戰爭發生後，也曾被派到印

23 紀伊國屋文左衛門：日本江戶時期的傳奇商人，曾靠用船載運橘子銷售而賺進第一桶金。

尼擔任施政官。只是在日本時代被日本人重用過，戰後當然也就被新來的統治者國民政府給無視，飽受冷落，但是無論如何，他還是我們這些臺灣人裡頭最出人頭地的，頭腦清楚、行政手腕又好，大家對他評價都很高，還是有很多人去找他。

剛好那時有個從大陸回來的半山仔叫做劉啟光。這人在日本時代被官方追捕，所以躲進船艙冷藏室逃去了中國。沒學歷是沒學歷，但腦筋動得很快，在當紅的政府裡又有人脈，所以得了個從日本人手中接收的一家叫做華南銀行的商業銀行董事長位子。那人想到了個點子，想給自己的職務鍍鍍金，於是找林益謙在銀行內設了個研究室。林桑原本是我們這群臺灣人裡頭最有成就的，這時局裡，竟然淪落到去當個商業銀行的研究室主任，根本本末倒置，但時不我予。我去找他商量時，他說你也來吧，就把我拉進了那研究室。我當時正好也窮途末路，便寫了履歷表給他，由他親自帶我去董事長辦公室，將我引介給了劉啟光。我第一次見到的這個銀行頭頭，是個眼光極其銳利的人，我立刻就聯想到了《三國志》裡的曹操。但當然我不是說他是個奸臣，只說這是我對這人的第一印象。實際上劉桑很會關照人，後來我碰過好幾次人家對我稱讚他。

總之多虧了這一段，逃離臺灣的前一年，上半年我就在華南銀行當研究員，下半年則升上了調查科長，混了口飯吃。研究員這職位是好聽的而已，除了自己找點事做外沒什麼規定的職務，那時候我對於學者這條路還有點眷念，就想趁這機會把博士論文給寫了，交給東大經濟學部。我那紀伊國屋文左衛門的美夢剛滅，想當凱因斯第二的幻夢又起，對於銀行來說我這種人真是太糟糕了，但我並不想放棄。於是在得到林益謙先生的諒解後，我除了寫稿子給銀行的社內報紙外，就一直坐在研究室桌前寫我的博論。之後請研究室打字員用蠟紙幫我打印五份。我聽說博士論文需要兩份，那時候還沒有影印機，能用打字機完成那項作業實在是多虧了在銀行的那份工作。

我的博論題目是〈生產力均衡之理論〉，非常厚，五份裡頭有一份當時留在了研究室，其他的都在亡命香港之後請人幫我帶到香港來。我的論文重點，在於討論雖然凱因斯主張儲蓄與投資間需要達成均衡，但光透過金融操作並不足以調控景氣，必須要在年年增加的消費與年年增加的生產之間，進行更為具體的均衡措施。因此不能單靠金融調控，還必須透過公共投資與民間投資等等來達成更多樣化的綜合對策。後來住在香港，常常在香港東京兩地跑後，我把這份論文帶去給了恩師北山富久二郎教授看。那時北山教授已經改任教於學習院大學，東大經濟學部當時已經變成了像是馬克思經濟學大本營一樣的地方，就算我把論文交上去，也不太可能被接受，而且那種好像修正凱因斯路線一樣的論文，我也知道過不了教授審查會議那一關。所以老師跟我說：「你呀，你這種像《亂世佳人》裡面的白瑞德一樣的男人不適合當博士，你不是那種需要什麼頭銜的人。」

這樣巧妙回絕了我。我當然也知道老師是不想讓我更失落，戰後那種馬克思主義全盛時期，我這種人沒辦法擠身教授之列也沒什麼好奇怪的。

後來那篇博士論文還有個後話。過了四十幾年，有天我到臺灣總統官邸去拜訪當時的新總統李登輝先生時，我們聊到了一半，李總統突然提起我那篇〈生產力均衡之理論〉的論文。他把論文標題講得完全正確、一字不差，我心想怎麼可能？原來他在我離開後，好像在華南銀行研究室裡讀過了我那篇論文。我真沒想到我會有這麼一位出人意表的論文讀者，真是嚇了一大跳。李桑在臺北高校時低我一個年級，他唸完了京都大學回去臺灣後，又去康乃爾大學拿了博士，之後回去臺灣任教於臺灣大學農學部，是與我嚐過同樣時代苦難的同伴。

徹夜撰寫致聯合國請願書草稿

好了，我之所以可以在銀行研究室裡完全不用擔心外界的瘋狂通膨，專心寫我的論文，這都要多虧了銀行員的待遇比我想像中好。當時公務員的薪資會隨著物價機動調整，而銀行員又比照公務員，所以每一次都會調漲。再加上每兩個月就會按照薪資比例發一次獎金，因此銀行員收入堪稱頂級菁英。要是我是個志在出人頭地的上班族，肯定沒有什麼職位比銀行員更好了，但偏偏我就是拋不掉離開臺灣的渴望。

先前也提過，廖文奎與廖文毅兩兄弟在二二八事件時剛好去了上海，怎麼看，他們的行動都看不出跟二二八事件有什麼直接關係，但行政長官公署貼出的通緝令上卻直指他們兩兄弟就是煽動群眾的元兇，要將他們逮捕入獄。哥哥廖文奎博士那時繼續留在南京大學教書，弟弟廖文毅則因為傻傻回臺灣的話會被抓走，因此便從上海去了國民黨政府管不到的香港，我從風聲裡面聽說了。因為很想知道文毅兄的消息，我便跑去住在東門那附近的廖氏兄弟姪子廖史豪先生那邊打聽。

果然文毅兄真的亡命香港！我壓低嗓子問——

「那他接下來打算怎麼辦呢？該不會想讓臺灣脫離大陸……」

「噓——！」史豪的母親馬上制止了我，「決心早就有了。要求自治被置之不理，我們還能怎麼辦啊？他現在正在找人手，我看你也去香港吧？」

女人有時候實在是比男人更剽悍。史豪兄跟他的弟弟後來都被警備司令部抓了，在監獄裡頭關了很久，不過伯母沒事。反正每次幹壞事的都是男人，女人只要不直接參與行動，怎麼從旁慫恿也沒罪。

當下我是立刻心動。之前雖然從來沒有想過要去香港，但既然廖文毅先生正在香港招兵買馬，豈有不去加入的道理。

有天，研究室主任林益謙先生來找我說「有個人想認識你」。

「一個在臺灣銀行上班的年輕人，叫做莊要傳。他回臺灣之前是朝日新聞在香港的特派員。」

我問說：「他找我有什麼事？」

「他說有事想請你幫忙。」

「幫忙？幫什麼忙？」

「你去見了他就知道了。他剛剛打電話來，說要是時間方便，他下午三點在京町的K咖啡店等你。你知道K咖啡店吧？我那時間也會去。你就先去等我。在二樓喔。」

於是我便照著他們說的那時間去了K咖啡店。一樓有好幾個客人，不過上了二樓後沒人。我等了一會後，一個皮膚有點黑，戴著黑框賽璐璐眼鏡的年輕人摸著扶手走了上來。他身上的白襯衫就跟馬路上隨隨便便一個歐吉桑穿的一樣皺巴巴的，一看就是個不拘小節之人。

「請問是邱桑嗎？」我回答是。「林益謙先生呢？」他問，「應該快到了吧。」才剛答完，林桑很快就到來，等店員送來了我們點的咖啡後，林桑先開口——

「莊桑是我最信得過的年輕人了。去年二二八時他下了很大的決心，還跑去了南京找美國大使司徒雷登先生直接談判。你應該知道我在說什麼吧——？」

光聽到這裡，我已經馬上心裡有底，完全不用多說。我很緊張，林桑臉上的笑容也已消失。所以就是這樣了，不能再妥協了，就算要冒性命危險也要跟國民政府拚了。我跟莊桑都還很年輕，這種時候很快就能下定決心。我看了一眼林桑，他臉上的表情也很嚴肅。要是有林桑這樣的大前輩在前頭指導我們，我們就可以放心了，我心忖。

「那要怎麼樣你們自己聊吧。這種事，愈少人愈好。」

林桑說道。我心想，果然啊。但是也沒辦法吧？我馬上轉換想法。林桑願意幫我安排一個契機已經很感謝了，而且光是知道他心裡面跟我是一樣的心思，我已經很欣喜。於是林桑就先走，留我跟莊桑兩人。但那種地方也不能聊太久，於是我們約好下個星期六去臺灣銀行在草山溫泉的員工宿舍過夜，便各自離開咖啡店。

約定的當天，我們在公車站碰頭，去了草山溫泉。銀行宿舍是從戰前就有的，很氣派也很寬敞，那些從大陸來的人不習慣泡溫泉，所以除了我跟他之外沒有其他人留宿。餐點吃的也是日式料理，洗完了澡後，我們兩個人就穿著浴衣，隔著日式餐點面對面坐了下來。他在這段期間一直告訴我關於他自己的事，說他中學時被他們萬華那邊的特高懷疑是共產黨員給抓了，一根食指就綁著吊在了天花板底下，但他沒透露任何口風。還有他決定不要在臺灣唸書，改去東京，進了中央大學法學部的那一年就去考了高等文官考試，一次就考上了外交官部門。他心想臺灣人就算考上外交官，也沒可能升官發財，正好朝日新聞在招募記者就去了，馬上就獲聘用。既然這樣，繼續念大學也沒意思，於是他便輟學去報社，沒想到隨即發生了大東亞戰爭，被派去香港。戰後又回到臺灣當了一陣子記者，但二二八事件時實在是心頭一把火，便把筆一丟，改當銀行員。無論是哪一段經歷都很特殊的一個人。

「我現在最後悔的就是二二八事件前不久，我竟然結婚了，」莊桑半是微笑、半是苦笑地說，「我本來想介紹給我朋友的，帶了一個認識的女人去。沒想到那傢伙講東講西、推諉了半天，我只好自己接受了。要是沒有家累，管它天涯海角哪裡不能去？也不怕丟了命，沒什麼大不了的。」

「但是革命者也不能一輩子單身嘛？反而是有家累還肯拚一生，才是真革命。」

「可是我家那個精得跟老鼠一樣，我一有什麼動靜馬上就被她發現。二二八之後，我飛去上海見司徒雷登大使時她也是馬上就嗅出異樣，大鬧了一陣，叫我不要再碰政治，不然她就要去跟臺北市警察局說。現在廖文毅先生正在香港打算推動獨立運動，本來應該我去幫他寫要遞交給聯合國的請願書的，但是我家那個眼睛實在盯得太緊，我根本動不了。所以我想拜託你的，就是幫我去一趟香港。」

「我能幹嘛呢？」我問。

「你一定可以的，我聽林桑說了。你腦筋動得快，文筆又好，對於臺灣政治跟經濟也很清楚。我們需要的就是從歷史說起，清楚地論述、證明我們臺灣人跟大陸中國人不是同一民族，思想也不同。尤其我們要在聯合國讓那些先進國家的人同意，就需要提出很清楚的資料跟統計數字。這方面，你在研究室裡常碰統計，最適合不過了。」

「你希望我做什麼？」我又問。

「我想請你寫一份請願書，表達我們臺灣人民希望能自己公民投票決定我們自己的前途。你今天回去，差不多一個星期內寫好。我也會一起看。你寫好了之後，把你要重新寫一次時所需要的數字先抄在筆記本裡，然後草稿全都要燒掉。麻煩你把內容背下來，去了香港後再默寫出來。你準備好了後，我就會跟廖桑聯絡。」

「你認識廖文毅先生嗎？」

「去上海時見過。他的為人我沒打算評論，志同道合的人最重要的是互相合作。」

隔天下了山後，我便開始熬夜寫草稿，只寫了三天就寫好了。給莊桑看過後他幾乎沒改。我把那份草稿在我們兩人面前燒掉，再來只等去香港的行前作業弄好，便能動身。

被香港迷得神魂顛倒

迷得人都懵了

當時臺灣人不用護照就能去的國家只有香港，因為鴉片戰爭後簽訂的中英協定中，明定了中國人可以自由出入香港。不過從臺北松山機場飛去香港太危險，容易撞見人，所以我查了一下，發現臺南有班機到香港，就跟銀行研究室胡謅說我父母親要我回臺南相親，請了一個禮拜的假。一回到了臺南家中，只睡一晚，又說：「銀行有事，我要再往南去一下。」隨即離開了家門，直接就去了臺南市的機場。不過我運氣不好，居然在那邊撞見正好也要去幫前往倫敦的朋友送行的許武勇他哥。他問我說：「你要去哪裡？」我誆稱「我也是來送人的」。但在登機室一直撐到了最後，我也不得不抬起屁股，走向排隊的登機隊伍。我一邊走進機艙時心底禱告，拜託他千萬不要把我從臺南飛去香港的事說出去呀——。

我搭乘的那班CAT（中華航空前身）在半路碰上颱風，沒辦法降落香港，只好先轉往廈門待一晚。身上背負著那種任務，竟然意外登陸在中國境內，實在令人很緊張。當晚我打開飯店的窗戶，看見外頭月娘正靜靜浮在隔壁的屋頂上。我躺在床上輾轉難眠，直在心底安撫自己我什麼都還沒幹，也沒人知道我接下來要做什麼，不用嚇成那樣。隔天早上，離開廈門後過了一小時，終於平安抵達了香港的啟德機場。

廖文毅先生特地來接我。接著馬上就帶我去位於金巴利道上的公寓，把行李先放著，然後說要帶我去吃午餐，把我帶到香港島邊淺水灣的淺水灣酒店。

那是幢殖民風格的建築，我們在眺望得到海的露台上一坐下，忽然我湧上了一種錯覺，感覺好像自己正從陰暗的底層船艙走了出來，來到了最高等級的甲板上。

「香港跟臺灣怎麼會差這麼多？要是能在這裡過一輩子不知有多棒……」

眼前忍不住天旋地轉。

當天我便開始把燒掉的那份草稿重新打出來，還不到兩天，已經把我用日文寫的稿子打好了，接著廖文毅先生再把那份稿子打成英文，又花了兩天。接著他帶我去了美國總領事館，把我引介給一位叫做沙比士的副領事。那人是負責獨立運動的，他幫我們把廖桑的英文稿又修潤得更通順一點，讓美國人也看得懂。之後我們再用打字機把那份稿子重打一次，讓臺灣再解放同盟與臺灣獨立同盟的主席簽過了名，送交給聯合國事務總長。那是我抵達香港第六天的事。隔天任務結束，我又從香港飛回了臺南機場。

一抵達了臺南後，我沒回家就直接去了許武勇家，在許武勇跟他哥哥的面前拜託他們千萬別把我去香港的事說出去，之後才總算放心地前往臺北。回到了臺北後，裝作沒事一樣地回到職場，大家頂多只問了我相親的結果怎麼樣，沒有人懷疑我的行動。

我那時已經從一介研究員升任為調查科長了。調查科長必須要調查物價動態，寫成報告，所以我時常搭著三輪車在大稻埕跟臺北城內的盤商那裡跑來跑去，但自從香港回來後，我看什麼都心不在焉，一顆心都早已經不在臺灣。實在是在香港的那一個禮拜，香江印象太過生猛。我心想去香港的事早晚會穿幫，得開始考慮下自身的安危才行。

這樣要儘早逃了

就這樣，有一天我一如平常去研究室上班時，不經意翻開了放在桌上的報紙。一下子躍入眼簾的，就是聯合國告知美聯社（AP）與合眾國際社（UP）臺灣人民正在推動獨立運動的新聞，刊了一整個版面全是臺灣省參議會議長黃昭琴對於這件事情的反駁。他說臺灣人是混血民族是什麼意思？臺灣人就是中國人，所有中國人都是炎黃子孫，這樣子反駁。因為我主張蔣介石從大陸奔逃至臺灣時，跟著過來的士兵大部分都沒有攜家帶眷，如今交通運輸如此發達了都這樣，不難想見從前鄭成功逃來臺灣時，跟著過來的一定都是男兵，而這些人在三百年裡面增加到了七百五十萬人，可以推論，肯定是跟臺灣本地的高山族女性所生的混血，因此臺灣人跟中國大陸的中國人是完全不同的。

雖是我自己寫的，我也沒想到會有這麼大的反應，嚇得我差點把報紙掉到地上。要是被發現寫這東西的主謀者是誰，我看我多少條命都不夠丟。我趕緊聯絡莊要傳。他勸我：「現在情況這樣的話要儘早逃出去了，否則待在臺灣太危險，你快準備吧。」我一個孤家寡人的，沒妻沒子，沒什麼好準備的。我也沒有什麼可以稱為財產的，唯一要處理的，就是我那時住的房子會產生訂金問題，需要處理。

我開始到處找仲介，好不容易才找到人願意接手付那筆訂金。正在整理行李的時候，莊桑出現了——

「現在情況真的開始危急了。好像有人在香港覺得自己很安全就漏了口風，跟從臺灣去香港的人說有臺灣的銀行員去那邊，現在這樣，我也有風險，也要一起逃亡了。不好意思，你可不可以幫忙籌個一百萬？我要給我的太太。當天我會騙她說有銀行客人請吃飯，照樣繫領帶、假裝去銀行上班。那一百萬圓，你就讓銀行開張本行支票，我會藏在抽屜最裡面，讓她晚點找得到。」

明明我自己也要考慮我父母親的生活，但他卻要我幫忙他家裡？可是沒辦法，我只好把之前拿回來的訂金分了一百萬圓給莊桑，剩下的一半給我母親，我自己口袋裡面只剩下一千美金了。我心想，還是得跟我母親說明實情，於是終於來到了出發前一晚，我只簡單說我要去香港推動運動，把國民政府從臺灣攆出去。我母親聽了後半點不驚惶，她只說——

「你要這麼做，我也贊成，可是不要被那些搞政治的給利用了。自己要多小心。」

我母親看起來無比沉著。她兒子很可能會就這樣一去不復返，此生無法再相見，身影就這麼從她眼前消失了。可是她一句哀嘆的話也沒說，我一直以為，我對於照顧我的那個媽比對這個親生母親還親，但這一刻，我深刻感受到自己親生母親的偉大。

剩下來就只是什麼時候要從臺灣逃出去了。雖是兩人一塊逃，但要是搭了同一班飛機一起被抓，那就蠢了，所以我們訂了一個小時前後錯開的班機，分頭從臺北出發。

「如果我們兩個人都沒事，就在半島酒店的玄關碰頭吧。三個小時後，我會在那裡等你。」

通電話講完最後一次聯絡，我就先出發去松山機場。沒有半點「也許這就是我最後一眼看見臺灣」的感傷，心底既沒有那份餘裕，也燃燒著一股傲氣——我一定會再回來。

三小時後，我跟莊要傳兩人依約在半島酒店正門玄關碰面，慶賀彼此平安無事。這就是我這接下來漫長險途的開端，而不是終結。

作者流亡香港時期，臺灣的邱氏一家合照，中為邱父與邱母。

我的青春香港

成天打毛線的臺灣勞倫斯

倉皇逃去廖文毅博士家

對著國民政府揚起反旗的我跟莊要傳兩人，就這麼千鈞一髮地搭了不同班機逃去了香港，那是一九四八年十月底。

雖然順利在半島酒店正面玄關碰了面，但我跟莊要傳兩個人在香港都沒有地方可去，於是決定先去廖文毅先生家避避。我夏天來這裡寫遞交給聯合國的請願書時，在廖家住了一個禮拜，大概知道他家的情況，不過莊桑倒是第一次與廖桑碰面，所以對他家情況不了解。不過他去南京直接見美國大使司徒雷登時正是廖文毅的哥哥、金陵大學教授廖文奎博士帶的路，因此他們兩人間接都聽說過對方的事。何況就算從來沒碰過面，只要是志同道合、目標一致，很快便能互相理解。廖桑很豪爽就接納了我們兩個人，大致說明了一下他現在正在做什麼，並把我們兩人引介給一些幫忙臺灣獨立運動的外交人士還有記者們。

我當年才不過是個二十四歲的年輕人，什麼事都還搞不太清楚，對廖文毅博士的策略沒有任何資格評斷，但莊要傳是戰時駐香港的朝日新聞特派員，回到臺灣當報社記者後又因為不滿政府言論統制憤而辭職，因此他那個人有他自己的主見，也有不輕易與人妥協的一面。

我們那時候逃去的廖文毅先生家是在九龍那一側的金巴利道諾士佛台一號。房東住在二樓，一樓出租給他們。那房子在香港很難得地有個院子，喜歡狗的廖桑養了英國雪達犬、愛爾蘭雪達犬還有臘腸犬，一共五隻。他們家一進門有個小小的待客室，然後有三間臥房，一間廖博士夫妻自己住、一間小一點的給他們家女兒跟男孩住，另一間稍微大一點的則提供給逃亡去他那兒的年輕人住。走到後頭，連棟的另一側有兩間傭人房還有廚房，另外還有個儲藏間，不過儲藏間被廖桑拿去當成了狗屋。

大房間裡已經有兩個先來的住客了。兩個人都是廖博士他們西螺那邊的人，都是學生模樣的人。這一對廖氏兄弟[24]也剛好是西螺大地主的兒子，正在香港唸書。他們父母親與廖博士的父母認識，所以有付房租，不過兩個人都沒有涉足政治。一個後來當了芭雷舞者，弟弟則在香港大學建築系畢業後進入港府任職，最後當上了政界排行第三的政務司，也是中國人裡爬得最高的。不過當時他還只是個高中生。

就這樣，原本就已經很滿的房間，現在我跟莊要傳搬了進去，變得更滿

24 廖氏兄弟：即廖本農、廖本懷兄弟，其父親廖學昆為西螺鎮戰後首任官派鎮長。

了。對這情況最不愉快的大概就是廖家那個叫做「阿二」的家傭。來這邊投靠的人愈多，她要準備的飯菜、要洗的碗盤就愈多，所以她對於我們很不客氣。比方說大家洗完了澡後會把內衣褲扔在洗衣籃，但她就是擺明了只留下我跟莊要傳的不洗。

「香港的幫傭是算家裡面有幾個人，每個月收多少錢，所以人數增加的話會要求加薪。我們不給點小費的話，她當然不肯幫我們做啦——」

熟知香港民情的莊桑告訴我眉角。

莊桑離開臺灣時連家人的生活費都要我照應了，他怎麼可能有錢。於是我沒辦法，只好從捨不得用的那些剩下來的錢裡再掏出兩張面額十元的港鈔，跟他說：「你拿去給她吧，說是我們兩個人的。」結果他拿是拿給她了，但是沒說是我出的錢，於是阿二姐就以為那是莊桑自己給她的小費。

那一天起，阿二姐開始洗莊桑的內衣褲了，但我的還是被留在洗衣籃裡。

我是真不知道該哭好還是該氣好，只能只能感嘆自己一介革命志士遠來香江，竟然被女傭欺侮，時運不濟呀。

莊桑差不多在香港待了一個月左右。一開始，廖桑吹響了臺灣獨立號角時還有點新聞價值，各大通訊社都樂於刊登。但第二次、第三次以後，就擠不上新聞版面了。不過廖桑也沒氣餒，他還是持續跟美聯社、合眾國際社的分社社長見面，也會定期寄請願書給美國在內的各國政府。但是莊要傳逐漸也看透了這些活動實際上的能量與範圍，於是說他繼續留在香港也沒用，他要去日本從麥克阿瑟元帥那邊下手，也會集結在日本的臺灣人一起活動。

他說要去日本，可是既沒護照、也沒簽證。那時候日本人還不能出國，臺灣人跟香港人也不能進日本，可是從臺灣有船載送砂糖去日本，香港也有貨船運送原物料跟食品去日本港口，所以只要躲進那些船裡，避過海港憲兵的眼睛就行了。

冒充船員偷渡的行情是港幣一千元，換算成當時美金差不多是兩百美元，在當時來講不算是一筆小錢。那筆錢廖桑出了，所以莊要傳很快離開了香港。

他回去東京後成立了臺灣獨立聯盟，開始出入駐日盟軍司令部。有一天夜裡睡覺時，忽然就沒氣了。謠傳說他該不會是被暗殺了，但是真假如何，沒人知道。這男人是個想到要做什麼就會放手一搏的性情中人，但是最後與妻子分離兩地，寂寞走過了人生最後一段。

從大陸湧入香港的難民

話說廖博士幫莊桑付的那筆偷渡費全都是自己掏腰包出的，為什麼他會那麼有錢呢，因為廖桑底下有些為了他什麼都肯做的人，在從事一些香港與日本之間的走私貿易。說是走私，其實也只是把當時日本買不到的糖精、鏈黴素、盤尼西林這些東西帶過去，再換成美金帶回香港的單邊貿易。聽說行情好時甚至可以賣到十倍，所以出資的廖桑也可以分得一定利潤。

革命運動連資金都得自己想辦法籌，委實不容易，也很難長久。就說我在廖家的時候吧，我去到那邊之前，載著糖精與盤尼西林的船就已經抵達日本了，可是跟著貨過去的那個手下卻還沒有回來。有風聲說貨到了那邊卸貨後，暫時存放的時候被偷了。也有風聲說，不是那樣啦，是那個手下自己把錢花光，賴給別人。不管怎樣，都不是我可以知曉的。只是有一件事情很清楚，那就是如果弄錢的管道沒有了，廖桑的臺灣再解放同盟就會缺乏資金運作。

然而儘管有這些手頭上的問題，我們那些聚集到香港的反抗分子還是士氣非常高昂。因為自從日軍戰敗停火之後，大陸的國共紛爭便浮上了檯面，到了一九四八年十月，共軍佔領瀋陽，國軍則不但從舊滿洲全面撤出，甚至連南京也快守不住時宣布要遷都廣州。接著，十一月十五日共軍無血開城，進入了北京。這麼一來，國軍兵敗如山倒，一過完年蔣介石便宣布引退，由李宗仁接任代理總統，可惜頹勢已不可挽。南京、武漢、上海、青島都陸續淪入共軍手中，為什麼會突然好像骨牌如山倒呢？因為那些當官的，如果要對抗共軍就得殊死一搏，但是直接開城落跑，就可以把手上的行政文書統統燒掉，把所有做過的壞事證據都湮滅掉，還能帶著公款閃人。所以說，國軍會那麼失敗，與其說是人民解放軍佔了極度優勢，不如說是國民黨他們自己太腐敗的惡果。

大陸一內戰，必定波及香港。我們認為國民政府一旦被共軍追到了窮途末路，美國為了守住亞洲，必定不會想讓臺灣受到波及，一定會拒絕國府進入臺灣。當時還沒有正式簽訂和平條約，國民政府雖然派了行政長官公署來治理臺灣，但說起來，臺灣只是個被託管地而已，還不算正式屬於中國領土。因此只要美軍派遣艦隊來臺灣海峽，在臺灣與大陸之間畫下了一道界線，屆時我們臺灣人的機會就來了。我就是這麼想才會冒著性命危險，對國民政府吹響號角、亡命香港，但沒想到國軍會敗成那樣，他們一開始撤退，從北京、上海一路到鄰接香港的廣東省，所有難民全都一下子瘋狂湧入了香港。

鴉片戰爭後所簽定的南京條約裡，在割讓香港的時候，明定了中國人可以自由出入香港。所以內戰一起，從資本家到過完了今天就沒有明天的窮鬼，所有躲避戰亂的難民全都湧進了香港，香港政府也沒法可管、束手無策。尤其國民政府輸得那麼徹底，真是令人目瞪口呆。地方軍閥跟地主根本也沒有時間好好處理財產、帶著軍隊撤退，這麼慌亂的亂世，只有金條、鑽石、翡翠之類的才能帶著逃，否則就是早早換成美金存在了香港或瑞士，那是個再有錢的富豪也會瞬間變成落魄窮人的動代年代。

我自己在逃離臺北時口袋裡面只有一千塊美金。當然戰爭剛結束時的一千美金跟今天的一千美金不能比，當時算是很大筆錢，不過我又不懂得理財，也沒有什麼收入，這樣的男人口袋裡頭的一千美金，是花一塊、少一塊的辛酸錢。幸好我住在廖家，吃住都不花錢，只是一到了外面去，舉目所見櫥窗裡頭都擺滿了令人垂涎的商品。不像日本還其他地方，香港是自由港，從時尚用品到私家轎車，什麼都有、什麼都不缺，只是對於沒錢的年輕人來說，真是一入眼就是毒素，而不止是一朵還可以妄想著摘下的花了。但我就是不怕心酸，我就連晚飯後散步走過了附近那家太平洋行汽車部門口，我也一定要一直杵在前面睜睜地往裡頭看——

「真希望有一天能買得起那種車……」

我喃喃說，年輕的廖家兄弟因為出身自大地主家庭，沒吃過苦，輕鬆愜意地回我說——

「那有錢就買得到了啊——」

但問題就是沒錢哪。一塊美金要拿出來花，我都要想個半天，我就是個對國民政府舉起了反旗而沒有故鄉可以回去的流亡人士了。

但我還是要看櫥窗！一看，那些難民乞丐就會馬上擠到身邊來要錢，你趕緊走嘛，他們又會緊跟上來，聲聲哀求：「大爺呀，賞個一塊美金哪，幫幫忙哪。」我自己都自身難保，我才想要人家給我一塊美金呢，但他們就是會一直跟。所以那時候的每一天，真的都是過得非常辛酸慚愧。

認識了一個偷渡來港的男人

就這麼有一天，一個自稱蔡海童的男人來找廖文毅。那人大概比我大十歲左右，約三十四、五歲，中等身材，滿口銀牙。他說他是臺灣南部東港出身，在京都開銀樓，這次是從神戶搭船偷渡過來的。我當時陪著廖桑一起見他，我問他說：「您這趟是來幹嘛呢？」

他回我：「我是來買鏈黴素跟盤尼西林的。」

「有誰陪您一起來嗎？」

「沒有，就我一個。我冒充船員上船，所以只帶了牙膏牙刷跟毛巾而已，什麼都不能帶，您們看到我身上穿的這一身衣服就是一切了。剛才去買了內衣褲，在旅館沖了澡、換過衣服才來的。」

「您知道要去哪裡買鏈黴素跟盤尼西林嗎？」

「我問過了地址，不過畢竟從來沒有來過香港……」

「那您需要一個人帶路……」

「所以我才會來找您幫忙，不曉得您們有沒有什麼人可以介紹給我，從今天起陪我一起去買貨？」蔡海童詢問廖桑。

「你帶他去好不好？」廖桑轉向我。

「可是我幾乎不會廣東話呀……」

「那你還是比他強呀，至少還知道一點換錢的要領，還有去藥品批發商的路。」

「對呀，麻煩您了啦，拜託拜託——」蔡海童朝我低頭。

那時正好我每天都沒事幹，簡直閒得慌，所以就從那一天起，我就每天帶著他去買貨。蔡桑在離我們住的那條馬路差不多隔兩條路，一家靠近渡輪那邊的小旅館租了房間，他帶著我去。一進房馬上就脫下了長褲，只剩下一條內褲。我心想幹嘛啊？一看，他開始拿起剪刀剪開剛才脫下來的那條長褲的腰帶內裏，露出了好幾條金條。接著又剪開其他地方，拿出摺成長條狀的美鈔，接著又長褲的折口掏出了大概三顆鑽石。原來他把他所有資本都藏在長褲裡帶過來了。

「現在帶錢出來不容易呀，只好這麼做。」他解釋，邊說邊把他全部的資本都排列在我面前給我看。「好吧，現在我們去把這些換成港鈔吧——」說著，又把剛脫掉的長褲穿回去，催著我出門。

可以把美金兌換成港幣的匯兌店很多，每天都會更新匯率，只要找個兩三家問一問，跟匯率最好的那家換就行了。可是金條就得拿去銀樓，很多店就欺客，說什麼金子會「失重」啦、含金量怎麼樣啦，開出了很差的價錢，甚至還有店家說要兩三天時間查一下金子成分，叫我們先把金條留在那邊。鑽石呢，因為成色、刮痕什麼有的沒的也會影響價錢，所以有些店家開出的數字真的低得很離譜。不過蔡桑也好像在日本時就很習慣這樣跟店家殺來殺去，他老神在在，就算店家開出了低價也不為所動。我們逛了幾家後，找了價錢最好的一家，又討價還價了一番，把他那些鑽石換成了現金。

接著去藥品批發商集中的區域，到處問有沒有賣鏈黴素跟盤尼西林。廣東話聽不懂，就用手寫，比手畫腳這樣溝通。逛了三、四家後大概就知道哪家店做生意比較實在，又回去那家店，跟店家央求說比方一條便宜我們二十分這樣，因為買的量大，一點點折扣加總起來就很多。接著把這些貨送去港邊海運公司，請他們準備打包用的馬口鐵桶跟塑膠袋，然後就在倉庫裡面開始裝貨。先把買來的鏈黴素跟盤尼西林從紙箱中拿出來，裝進馬口鐵桶，死塞活塞，塞到連一點縫隙都沒有，接著蓋上蓋子，焊死。然後套上塑膠袋，這樣子到時候如果運到了碼頭後有情況無法上岸，得丟進海裡收貨的時候，貨才會浮在海面上。

我問：「所以有時候還會把貨丟進海裡呀？」

「對呀，通常會買通海港的憲警，讓他們睜一隻眼、閉一隻眼，不過有時候喬不攏，就得趁黑夜把貨丟進另一個方向的海裡。」

「不會有些貨撿不回來了嗎？」

「會呀，可是這還是比全都上不了岸、全部被退回香港好呀，就算丟掉個一兩箱。」

「這些貨搬上船時，香港海關不會在旁邊盯嗎？」

「香港不是個自由港？你只要不是裝鴉片槍械，這種幾百艘船出入的地方，人家哪會一樣一樣清查呀。」

「但你外面包了塑膠袋，會被起疑吧？」

「所以出發時要藏在石炭底下呀。到時候看是在神戶還是橫濱卸貨，輪機長會抓準時間，先用掉某一區的炭，好讓我們到時候上岸時好作業。」

「所以你整艘船的船員都買通啦？」

「當然——，他們哪有這麼好的意外收入啊，沒理由不幹呀。」

我這樣跟著蔡桑混了三天，已經大概完全知道了走私船是怎麼運作的。說是「走私」，但只是另一個國家對於某些用品有限制或禁止進口，但香港這邊並沒有特別規範，所以香港人不太覺得這是犯罪，萬一被抓到了，他們也就覺得就是運氣不好嘛，純粹當成一種商業行為看待。剛好那年頭，香港周邊的國家都沒什麼外匯，對於進口商品課加的稅率高得簡直形同禁止進口，所以這套商業模式才有辦法成立。也拜此所賜，香港才會這麼繁榮。

當時日本還在美軍佔領底下，物資缺乏，沒砂糖也沒糖精，也缺鏈黴素跟盤尼西林這些新藥。雖然多少有點風險，但是從日本來香港盤貨，運回去如果行情好，甚至可以賺個八倍、十倍。我之前在臺北時也曾經企圖用漁船運砂糖去日本，眼前這條航線，比臺日航線更安全，聽得我都心癢癢了。而且用那麼大艘鋼鐵貨船，也不用擔心會像小漁船那樣被衝上淺灘或翻船，而且，眼前就有一個人正在這麼做！於是我跟蔡桑商量，說我也出點錢，可不可以讓我湊一腳？

「你別期望太高就沒關係，就當來回一趟可以賺個一倍，我們就一起做。」於是蔡桑同意算我一份。可是我要出錢，我全部財產也才只有一千美金而已，而且還得考慮到萬一有什麼事得用錢，於是我拿出了一半，五百美金，賭了蔡桑這新事業一把。蔡桑跟著我漫步香港城內，一看到鞋店就進去買橡膠鞋底的厚底皮鞋、看見服飾店就進去買男裝，女裝從毛衣買到了圍巾，甚至連英國知名西服布料品牌Fintex的布都買了。我問他又不能帶上船，他不是以船員身分混進去的嗎，那買了這麼多東西要幹嘛？他回答說可不可以麻煩我用郵包幫他寄到他京都家？原來這些東西在物資缺乏的日本很難入手，在黑市買的話，價格不知道是香港的幾倍。我問他為何要指定郵包，他說因為如果只是一個家庭使用的份量，盟軍會當成救濟郵包處理，可以寄進日本。他這樣解釋。後來他一順利上船離開香港後，我便馬上照他吩咐的把東西拿去九龍郵局，寄了郵包。郵局的人也沒多問什麼就接了過去。

蔡桑離開香港時跟我說他很快就會再來，所以我就天天等、天天等，就是等不到他的身影。我可是從僅有的財產裡面拿出了一半身家，萬一那些錢回不來的話，我今後要怎麼辦呢？我當他是個男人信任他，也許我看走了眼？我進退無據，成天都愁眉苦臉。

第一次賺進一百港元之激動

每一天、每一天，都腳踩不到底一樣地過。一個人被丟到了香港這樣的異鄉，發現自己至今為止所做的所有努力都派不上用場，真是深切感受到自己是如何無力而又卑微的一個人。擺在眼前的第一件事就是沒錢，沒錢不要緊，要是有親戚朋友可以幫忙，那總是可以撐過，但我也沒有。既然沒有，只好出賣勞力換取麵包了。可是要在當時滿城滿街都擠滿了難民的香港謀得一份工作，不是那麼容易的事，更何況我也不會廣東話。更慘的是我還有一定的學歷，更讓我不可能找得到搬運或餐廳工作了。

後來回東京後寫了一本小說，名為《香港》，拿了直木賞後稍微有了點名氣，唸過書的東大經濟學部畢業生所成立的「經友會」邀請我去演講。第一年時我覺得自己不夠格，所以沒答應，但第二年又來了，我心想要是又婉拒，人家可能會以為我是個什麼很倨傲的人，於是很心虛地去了。去了後，從前教我那些很艱澀的經濟學理論的教授們就坐在台下，而我站在講台上演講。我簡短說了自己大學畢業後回去臺灣，被那些大陸來的批評為「受日本帝國主義教育遺毒回臺」，還有二二八事件時有許多前輩慘遭殺害，悲憤之下，出奔香港就此亡命天涯。

「逃去香港讓我總算保住了一條小命，但在那裡流亡時有一件事情讓我很困擾，就是即使我在這麼傑出的學校唸過書，學了那麼多艱深的經濟理論，但學校並沒有教過我要怎麼賺錢。」

我一說完，台下教授們爆笑如雷，但我是說真的，也或許我直陳出了某些事物本質。

總之，在香港那種錢、錢、錢，成天到晚都是錢的城市裡，東大學歷一點也派不上用場。所以我要是跟自己的出身、自己的學歷一點關係也沒有，去做跟香港人一樣的事，那是不可能混得到一口飯吃的，這我很明白，如果我不另闢蹊徑，沒辦法在那個競爭那麼激烈的商業都會裡活下去，我一直這麼覺得。

就這樣，連我神經這麼粗的人也開始神經質了，漸漸睡不著覺，半夜睜著眼直到天亮。沒有任何收入管道，錢一直減少，只有時間多得滿了出來。我有閱讀習慣，但買不到習慣看的日文書籍，沒辦法之下只好去賣英文書的書店裡，買了狄更斯與D・H・勞倫斯的小說回來。就這樣邊查英日字典，一頭就泡在了英國文學裡面。勞倫斯的《兒子與情人》原文版我就是在那陣子讀的。備受英國人讚譽的狄更斯，我讀到最後都還不太能投入，但勞倫斯的作品就很打動我。我英文是在日本學的，可想而知程度不是太好，不過勞倫斯的文筆非常清爽，不是像推理小說的進展那樣複雜的，讀完之後，故事的整體樣貌會浮現出來，我直到現今還是記得當時讀完後覺得他真不愧是個大作家。

就這樣看書殺時間呀，看哪看哪看了很多書，不過時間還是一大把。有時候廖桑會拿一本叫做《遠東經濟評論》的香港英文雜誌給我看，裡頭時常寫些臺灣的事情，毫不客氣刊登一些批判國民黨的內容，於是我就想，搞不好他們會願意刊登我的文章？就去找了那位總編。那家雜誌社位於香港郵局附近一棟殖民地風格的老房子裡，一位叫做黑爾邦的中年總編很爽朗地出來接待。

我用我那一口很不流利的英語，自我介紹說我是從臺灣逃亡過去的，對於臺灣當前局勢非常了解，接著總編就說，好啊，那不然你當我們的臺灣通訊記者好了，每個月給我們寫一篇福爾摩沙通信（Formosa Correspondence）？就這樣，我當場就接到了工作。雖然不知道有沒有稿費，但人家願意讓我寫，我就感覺自己好像已經升天啦。

對於自己的英文沒自信，所以我先用日文寫，然後翻譯成英文，再麻煩廖夫人幫我修改。廖夫人是個美國人，雖不是寫作方面的專家，但怎樣都比我好。她改好了之後，我再用打字機重打一次，然後親自把稿子送去給黑爾邦先生。我寫的福爾摩沙通信，每一期都被刊在了雜誌上，到了第三期，我送稿子去的時候，黑爾邦先生遞給我一個裝了支票的信封袋說：「嘿，這是你的稿費。」我走到外面後打開來看，裡頭的支票上寫著港幣一百元，這就是我到了香港後所賺到的第一筆錢。我沒想到我賺到的第一筆錢居然會是稿費，而且根本原本沒奢望能拿得到，因此當下心情非常之激動。

那份激動大概震撼到了我了吧，隔天早上起來，拿起報紙來看的時候忽然發現，咦，怎麼字糊成這樣？我拿給了廖家兄弟裡頭的哥哥阿農看，我說：「唉，這報紙好奇怪。」阿農反問我哪裡怪。原來怪的不是報紙，而是我的眼睛。每天晚上我都睡不著，心神虛疲得不得了，這時候忽然從天而降一百港幣！我的這一身疲憊一下子全湧了出來，忽然就視力大損了，似乎是這種情況。

於是這樣看不清楚字，也不能讀報、也不能打字。眼睛壞了沒得替，只好去皇后大道東的眼鏡行量了度數、放上鏡片又換下鏡片，調來調去之後發現我除了近視之外還有散光，於是又照著店員推薦的選了鏡框，我問：「多少錢啊？」一說是八十五元。我一聽，心神一顫，也忘記要殺價了，就傻傻照著他們說的付了八十五元。

走出了店外後，一想，唉，不對呀，我花了三個月賺得一百元裡頭的八十五元就這樣被眼鏡行拿走了，手邊只剩下了十五塊，有這麼難賺的工作嗎？我還要繼續下去嗎？本來我就不太會用英文寫文章，就算繼續用這個通訊員的頭銜去揭露臺灣政府的惡政，臺灣當局根本也不痛不癢。於是在眼鏡行這樁事後，我就辭去了《遠東經濟評論》的撰稿工作。

但是眼下也沒有其他事情可做，於是我又回頭看我的英文小說。光看小說時間還是殺不完，怎麼辦呢，但是叫我帶廖家那五隻狗去散步，我還真辦不到。因為我超討厭狗，牠們隨便舔我一口都要讓我起雞皮疙瘩。剛好這時候廖夫人買了毛線回來要幫他家的小孩織毛衣。我看著看著，心想這搞不好我也可以自己來？於是便問廖夫人可不可以教我，廖夫人很爽快地二話不說就說好啊。

毛線比毛衣或背心那些成衣便宜，我決定自己編毛衣、圍巾，於是去買了毛線，挑了自己喜歡的顏色，還買了廖夫人囑咐我要買的棒針。一開始，先把毛線鬆開捲成一團毛球，然後廖夫人開始手把手從頭開始教我要怎麼樣編出一件毛衣。我很狂喔，一開始我就決定要用兩個顏色編成條紋，所以編到了一定大小後就換色。一開始不上手，編得很慢，力道也不均，有些地方太鬆了，但是等習慣後手就自己動了起來，還能邊織邊跟人聊天呢。

剛好有一天我在織毛衣時，一個附近的工人（女傭）打窗外經過，問了阿二姐：「咦，有個男人在打毛衣耶，妳可不可以幫我問一下打一件毛衣多少錢？」阿二姐這樣跟我說時，我完全沒有湧上想靠編毛衣賺錢的念頭，只覺得，我一個志在成為臺灣勞倫斯[25]的男人，怎麼會淪落到來了香港後，變成整天沒事幹在打毛衣的男人呢？我這心底一酸，羞慚得眼淚就要掉了下來。不過我還是把自己的毛衣、背心跟圍巾都打完了，打完了之後，我那僅次於自己生命的五百美金還是沒有回家。我等哪等，徬徨無助地等著蔡桑來香港的那天趕快到來。

25 勞倫斯：指協助阿拉伯獨立的英國軍官 Thomas Edward Lawrence。

青春賭一把，夢滅去從商

與國民黨要人邱念台單獨會談

流亡就是一個字，等。認知到這一點是在自己流亡香港之後。香港是流亡者的天堂。只要不要太高調做些太過顯眼的政治活動、不被暗殺偷襲，基本上生命安全是不用擔心的，也沒有人會來要求引渡你。我亡命之前不久，越南皇帝保大帝[26]也亡命來過香港。在我亡命那時，很多被共產黨追殺的國民黨政客

26 保大帝：越南阮朝的末代皇帝，曾於一九四六年~一九四九年流亡香港。

與將軍們也一個接一個地逃來了香港。當時毛澤東對於資本家及地主的追殺冷血無情，所以那些人也都是能帶的帶，赤赤裸裸留著一條命逃過來的。

那些人裡有些在美國有人脈的，就會再從香港逃到美國去。有些懷抱捲土重來大夢的將軍則打算等蔣介石逃去臺灣，再跟著逃過去。但像我跟我的同志們這樣與蔣介石逃往相反方向的，香港可說是我們唯一的流亡選擇了。不過當時國民黨政府被共產黨一路追著打，從南京遷都到了廣州、廣州又遷都到了重慶、重慶再遷都到成都，在這樣慌亂亂的世局中，也許美國會阻擋國民黨政府進入臺灣，那麼只要時運所至，也許我們真的可以實現「屬於臺灣人的臺灣」這個夢想。

事實上，美國國務院裡有些人的確抱持這樣的主張，對這些政局變化敏感的某些臺灣政客還特地從臺北來到香港，要求與廖文毅先生見面。其中一位，就是備受國民黨重用的邱念台先生。他跟我同姓（邱與丘同），是明治二十七、八年甲午戰爭，清朝割讓臺灣給日本時，反對日軍登陸奮勇抵抗的丘逢甲之子。他那位逃到了大陸的父親難忘臺灣，給出世的兒子取名為「念台」。這位念台兄在戰後陳儀進入臺灣的時候跟著回來，擔任國民黨總部要職，這樣的人忽然間跑來香港，說想跟主張臺灣獨立的再解放同盟領袖會面，讓我們都很吃驚。

廖桑要我代替他去會會這位仁兄，所以我就去了指定的那家飯店。我還在臺北時曾經跟他有過一面之緣，那是在請託他幫忙為成立私立延平學院說情的時候。他一頭稀疏的頭髮剃得很乾淨，像似出家人，年紀應該已經有五十好幾了吧。聽人說他是個私生活也非常嚴謹的人，大家都說他人格高尚，對他評價非常好。我那時候剛滿二十五歲沒多久，看著他感覺像看一個社會地位很高、很遙遠的存在。

這位邱念台先生一見到我立刻伸出手，說：「今後就是你們的時代了，要努力呀。」我一下子愣住。

我一方面是因為竟然有一個跟自己父親年齡差不多的人，這麼鄭重對待自己而驚訝，一方面是覺得難道時代已經來到了這地步了嗎？臺灣最主要的政客都這麼想了嗎？不禁訝異於時局的變化。

的確那時候，如果美國政府阻擋蔣介石退至臺灣，那麼毫無疑問，國民政府就要從此消失了，而邱念台就是敏感察覺出了這股風向，所以才特地跑來香港吧。他應該也看出了接下來就要是廖文毅的天下了，所以他這舉動，也代表了到時候就請多多關照囉的意思嗎？他那轉變，令我訝然，也深刻體認到政治家就是一種本能上見風轉舵的變色龍。

不過邱念台先生當然一方面是有想跟臺灣獨立派做朋友的心機，一方面，也是想來探探美方那邊有沒有什麼勢力介入，才會各方面都裝作若無其事地問了我一大堆問題，而我也配合他的心機，從善如流地對應。不過那些對話都是建立在美方不願意讓蔣介石進入臺灣的這個假設前提上，因此全都非常摸不著邊際。當天雖然沒有談出個什麼，不過在跟他講了一個多小時的話後，我走出外面時，恍然間好像有種自己變成了什麼大人物的錯覺，渾身被一種興奮攜獲。我當時已經是廖桑的左右手，對外的頭銜也是秘書長，所以要是廖博士代替蔣介石進入臺灣，那麼我就是第二號人物了。突然間錯覺自己好像走路有風，似乎也情有可原。

不過我那漫長的亡命生涯裡頭要說有什麼巔峰，大概也只有那一刻了。沒個地方去，也沒有錢，眼前望去盡是一片蒼茫。這樣一日復一日裡頭，唯一的救贖，就是我引頸翹盼的蔡桑終於在半年後不負我期望地從日本回來了。

天降甘霖，靈機一動做起了郵包生意

蔡桑對於自己為什麼這麼晚才回來日本多所辯解，不過比起他說什麼因為他工作的關係，我倒覺得是他個人性格愛拖拉所致。他一在他上次下榻的那間旅館訂了房間，馬上又跟上回一樣，解下腰帶，從動了手腳的褲子裡面掏出了金條鑽石美鈔。接著從那一堆東西之中，抽出了十張百元美鈔給我，「不好意思啊，沒能分你太多，不過我把你的錢變成兩倍回來了。」

我先前聽他說過能變個五倍十倍的，現在只變成兩倍感覺好像有點少，不過想想，我也只是出了五百美金而已，負責突破那些難關的人是他、處分商品的人也全都是他，我的錢能夠變成一千美金回來，我已經要謝天謝地啦。整整半年都沒收入，我的錢包早已鬧旱災，這個時候五百美金翻本變成了一千塊回來，簡直是久旱逢甘霖哪！

我趕緊轉換心情跟他道謝，之後便操著我那口稍微有比上一次進步的廣東話，帶著待在香港的蔡桑去採買。我們已經是第二回了，那些賣鏈徽素跟盤尼西林的批發商也認得了臉，也知道要去哪裡買用郵包寄回去的那些物品，所以原本要花好幾天的作業，這一次只花了兩、三天就結束。

蔡桑把那些他要賣的商品又像上次一樣，塞進了馬口鐵桶中塞得滿滿的，然後他太太跟他們自己家人要用的衣物、鞋子等等的則跟上次一樣，託我用郵局郵包幫他寄過去。我一邊陪著他弄這些，腦中忽然掠過一絲疑惑——

「你現在買的這些布料，日本買不到嗎？」

我們走進一家店買SPORTYX跟Fintex布料時，我站在店頭問了他。

「外國貨在日本很少見唷。現在買的這些，如果賣給業者大概可以賺一倍，業者再賣給客人，價錢又跳一倍。」

「那麼貴的東西，誰買呀？」

「哎唷！什麼時代都有手頭闊綽的人哪。現在大概就是那些搞黑市的吧？」

「那你剛才買的那些橡膠鞋底的也是嗎？」

「是啊，那些美國人來了後，全日本都迷上了他們那種美式風格——，那種厚底皮鞋算是潮流最前端，只要有貨，根本像長了翅膀一樣一眨眼就賣掉了。」

「這種東西用寄的也不會被課稅嗎？」

「自家用的，量不要太多，可以當成『救恤郵包』免稅通關。」

「那盤尼西林跟鏈黴素也是少量就可以過關嗎？」

「自己家裡要用的份量左右，應該沒有問題吧？」

「你這樣塞在馬口鐵桶裡提心吊膽的，還不如寄郵包，不是比較划算嗎？」

我反而對他提出方案了。

但是蔡桑的腦袋瓜裡完全沒有用郵包做生意的可能性，所以完全沒理睬我。他說那種零零碎碎的哪賺得了什麼錢哪，男人就要賭大把的，一次就賺它一大票才是男人做生意的方式。

不過我並沒有因此就抹消自己腦袋裡閃過的那個念頭。原來如此呀——用郵局包裹把裡面塞得滿滿的寄過去，裡頭商品換算成日本當時的售價，差不多只有一萬日幣左右吧，當時日本人的薪水可是只有兩、三千塊，所以合法寄去日本，一個郵包就算只能賣個一萬或兩萬，也不可小覷呀。一個月寄個十包，我就賺十萬了，寄個一百包，就賺一百萬啦。我這種又沒有什麼本錢的人，那根本是眼前掉下一個天大的好機會，我是心怦怦跳呀！

蔡桑沒有興趣，所以我就只好去找其他人合作。雖然我在東京有很多大學時代的朋友，但那些東大畢業生沒有人有興趣做這種生意。我姊姊跟日本人結婚，在上海時迎來了戰爭結束後取道臺北回去東京，但是回東京後夫妻倆意見不合離了婚。我弟弟在臺北高等學校畢業時剛好戰爭結束，我母親認為他去日本念大學比較好，所以他就以日本人的身分搭上了日本政府接國民回國的船去了東京。但是去東京後他原本應該要去唸大學的，卻聽說他在立川那邊跟著搞黑市的人一起賣東西，我狠狠罵了他一頓（我家長幼有序，小孩子都被教育成上頭的哥哥姊姊有絕對權威，所以我弟弟們很怕我），之後趕緊去考了大學。他住在立川那邊，我叫他去考一橋大學，他也以為他去考的那所他們附近的大學是一橋，結果放榜後才發現原來是東京經濟大學，有這段糗事。我笑他說，還好他考的不是津田英學塾[27]。

我弟那時候才剛滿二十歲，我不覺得那種生意他做得來，於是我寫信給我姊。我姊那時已經跟一位原本是拳擊手的企業家臼田金太郎再婚，她跟她先生商量過後，要我先把郵包寄去她家試試。我身上資本只有一千美金，所以從中拿了點出來，弄了兩包郵包，寄去她指定的地址。郵包真的能順利送達嗎？裡頭包的東西真的能順利賣掉嗎？等待的時間真的好漫長呀。

從香港到橫濱的貨船大約一個星期就能抵達，但其中有些運載郵包、有些不載郵包。船有時候還會先停下關、神戶。到了東京後，還要先送去東京車站前的東京中央郵局接受海關檢查完了，才會再分送地方郵局，所以要一定天數。就這樣左等右等，等了二十天之後才收到我姊來信，說第一份郵包順利寄到了。當時日本還缺物資缺得很兇，郵包裡頭的貨品光是賣給身邊的人就賣完了，我姊在信裡這麼告訴我。

我當場真是開心得跳起來！至少我發展出了一種不用冒險就能賺錢的新方式了。雖然我很想

與姊夫臼田金太郎（左）合照。

27 津田英學塾：日本知名私立女子大學。

大幹一場，但是我資本有限，而且我也還不知道該怎麼樣把在東京賣貨的錢帶回香港，於是便先留下一點生活上要用的錢，其餘的統統押了進去，買了貨品用郵包寄去日本。這麼做回收還是很慢，於是我就去慫恿廖博士跟年輕的廖家兄弟，問他們要不要投資。

那時候廖博士我記得的確出了一千美元，至於廖家兄弟出多少，我忘了，不過他們的錢都是從存在銀行裡要當成學費的款項裡頭拿出來的，應該不是太多。後來我就學蔡海童，出資者跟經營者對分，連本帶利還給了廖博士一千七百美金。廖家兄弟也按同樣的比例分配，可是年輕的弟弟嫌我分得太少，中途退出，把資金抽回去了。說起來其實是因為跟我在同一個屋簷底下的人，看我那樣也有樣學樣，做起了郵包生意。那個人就是廖博士的姪子。他好像是慫恿他們如果投資他的話，他會給他們更高的利潤。

不過那是再晚一點之後的事了。總之我知道了用郵局郵包做生意是一條可行之路，便全力在這上面衝刺，只要資金不斷，而且短期內可以順利調動。那時候有時候沒辦法順利把錢送回來，還要讓人夾在信件裡用航空郵件寄過來。不過很快地，我便找到了「巷子內」的門道，有人跟我說了一種黑市交易的送錢窗口，只要在日本那邊送錢，香港這邊便可以收錢，於是回收款項的問題便這麼解決了。

這麼一來，弄一個一萬日幣的郵局郵包然後賣兩萬塊的這門生意可不能小覷。一開始我資本少，一個月頂多只能寄個十包，但是接著十包繁殖成了二十包、二十包變成了四十包、四十包又變成八十包。不過，這門生意原本就是一種零售業，一個月頂多一百包就到頂了。而且那個數量也早就超過出動附近鄰居們就可以處理的數目，於是我姐夫就給我介紹了專門做這一途的人，我也去拜託大學時代的朋友，當我的郵包收件人。

在現今每坪單價高達一億日幣的赤坂、新宿一帶，在當時還只要一千日幣就可以買到一坪；一個月寄一百份郵包可以有一百萬日幣利潤，意味著每個月賺的錢可以在東京買一千坪土地。我一個原本還不知道自己明天飯錢到底在哪裡的流亡青年，一年多之後，抓住了新契機，然後兩年後蛻變成了那樣的身家，所以說，人生真令人料想不到。

政治運動受挫與故舊王育德來訪

不過這樣好像簽中了樂透一樣的好運並不長久。賺錢的生意不管是什麼樣的生意，一定會有競爭對手出現，一下子就泡沫化了。

不過那是還要好一陣子之後的事。早在那之前，我們賭「美國不會讓蔣介石進入臺灣」的這場政治豪賭，很遺憾地輸個精光。邱念台來找我們那時候，萬萬沒想到，竟就是這場拉鋸最為熾烈的時候。替補蔣介石上任的代理總統李宗仁將軍，與中共的和平談判破裂後，蔣介石又回歸對共作戰的最高領導人地位。同年十二月十日，蔣介石搭機進入臺中，宣布國民黨政府遷都臺北。結果到了最後，美國根本就沒辦法在最後關頭把抗日戰爭的盟友蔣介石給拋棄，我們心心念念、冀盼求願的「臺灣人民公投決定臺灣的將來」這項悲願，也就此幻滅。這對我們來說是非常巨大的打擊，而站在運動最前端的廖博士所承受的衝擊，肯定最為劇烈。老實說，我們真該在那時機點乾乾脆脆放手，舉杯別過，領頭的、跟隨的，大家各奔前程，這樣才是聰明人，可是那一切運動的開端，都是因為蔣介石派遣到臺灣的陳儀的暴政導致的，大家只是想要拚命抵抗那暴政而已，所以根本無法就此解散。甚至在國民黨遷移到了臺灣後，為了維安更加肅清異己，只要稍微有點什麼動作被懷疑了，便被扣上共產黨的大帽子，被軍事法庭判處死刑或者流放外島的人愈來愈多，結果在蔣介石進入臺灣後，反而讓反抗運動有了更正當化的理由。

就那樣，在嚴厲取締下，我們看見一個又一個有風骨的年輕人沒法繼續在臺灣待下去而流亡海外，其中也包括了我在臺北高等學校時代的同學、後來取得了明治大學文學博士學位，並在同校擔任中國文學教授一輩子的王育德。

王育德跟我一樣都是臺南市出身。不管好壞來說，他這個人可以說從以前就是我的對手。我從日本人（當時叫做內地人）唸的南門小學校進了臺北高等學校的尋常科，而他則從臺灣人（當時叫做本島人）唸的末廣公學校考了尋常科沒考上，之後去唸了臺南一中的四年學程後，進入臺北高等學校，又追上了我，當了我的同學。他有一位叫做王育霖的哥哥，比我高三個年級，兄弟兩人都是才子。不過他家有點複雜，兩人都是細姨所生，所以他們在家裡的處境有點辛苦。他哥哥把這些寫進小說裡頭，發表在校內刊物上。日本人家很難想像這種情況，學校老師給了他很高評價。

他哥哥從臺北高校畢業後，順利考上了東大法學部，畢業後在日本法院工作了一陣子。戰爭結束後回到臺灣，擔任新竹市的檢察官。後來有一次，剛好外省人的新竹市長私吞美國救援物資的奶粉被發現了，他拿著檢察局的拘捕票要去抓人時，竟然反而被警察包圍搶走了拘捕票。他回去跟他上司報告後，他上司竟然罵他：「你拘捕票被搶了是怎麼回事！你引咎辭職！」於是他就一怒丟了辭呈不幹了。

當時包含我在內，我們這些受日本教育的都被指責為是受日本帝國主義教育洗禮的傢伙，沒什麼容身之地。他放棄了重新在司法界再找工作的念頭，去建國中學當高中英文老師。之後發生了二二八事件，大陸援軍一到，政府開始肅清的時候，新竹警察竟然趁亂帶隊去他家把人抓走了，從此育霖兄就沒了下落。我的小說〈檢察官〉裡頭的主角就是以育霖兄為原型。

另一方面，弟弟育德雖然追上了我來到了臺北高校，卻在考東大經濟學部的時候，又晚了我一步。隔年他重考，但又沒上，乾脆死心改念文學部的中國文學系。一個臺灣人大老遠跑去東大唸中國文學，聽起來好像很奇怪，但其實對當時的臺灣人來說，那是唯一一條通往菁英大道的路徑。我們由於學部不同，沒什麼機會碰面，我被懷疑是重慶派來的間諜而被憲兵隊抓走時，聽到消息的王育德嚇得趕緊把我的信跟明信片都給燒了。他後來還讓我看了他宿舍那時候被燒焦的榻榻米上的痕跡，說他燒的時候怕被人看見，還把洗臉盆拿進去放在榻榻米上燒，結果沒想到榻榻米被燒焦了。

這種地方，真不知道要說他是沒膽還是人太耿直，我只能苦笑。不過後來大東亞戰爭愈打愈烈，他馬上就判斷出日本快打輸了，跟我說我們繼續留在日本不妙。他好不容易才考上了文學部，但是一年級唸到一半就逃回去臺灣了。

戰後我回到臺灣時，他正在臺南一中（那時原本的一中被降級為二中，原先本島人唸的二中則升格為一中）教書，我第三個弟弟振南剛好被他教到。這位育德老師，某一天忽然什麼招呼也沒打，從臺南市搭飛機跑去香港找我。

「我來之前本來想先寫信給你，可是怕萬一信被檢查到了就慘了，所以只問了你弟弟你的地址。」

他跟我解釋。

「你到底怎麼啦？這麼大老遠逃來香港，你以後要怎麼維生真的都不知道啊——」

我說真心話。

「但那還是比被抓去關在火燒島好呀，現在都已經搜索到我身邊來了，只差一步就要輪到我了。所以我太太才說你趕快先逃出去吧，我才逃過來的。」

「那你今後打算怎麼辦？」

「我想再回去日本唸大學。之前學歷要上不下的，回臺灣後不是很順利。我想再回去把大學好好唸完。」

「我也覺得這樣比較好。」

就我親身實際感受來說，流亡到了香港後，無論在精神上或經濟上都非常艱辛，所以我很贊成他的抉擇。他跟我一樣借住在廖家大約一個禮拜後，跟莊要傳那時候一樣，搭船偷渡去了橫濱。回到日本後，由於是偷渡客，沒辦法申請居留權，幸好在他恩師倉石武四郎教授的關說下，復學回去了中國文學科，這他後來寫信告訴我的。

搬離廖博士家，搬去高級公寓不當食客了

王育德前腳一走，這一次換簡世強[28]後腳來了。簡世強是嘉義農林學校畢業的農家孩子，長臉濃眉的，眼尾還往上揚，一看就令人連想到敏捷的豹。他跟我同年生，腦筋動得非常快，想法清奇、行動力超群，非常適合擔任作戰本部長的人。那時候，一些懷有反政府思想的人一旦順利逃離臺灣到了香港，幾

乎可以說一定都會來找廖文毅博士，而簡君正是其中一人。

那樣來投靠的人絡繹不絕，可以看得出廖博士的人氣之高，但也對他家人帶來了一些困擾。有時候人實在太多了，連飯桌都不夠擠，伙食費也不能開玩笑，所以廖博士對這些人抱持著「來者不拒、去者不追」的態度，並不會特別表現得很親切，也因此有不少年輕人抱著赴死決心來投靠後，覺得廖博士太過冷淡，又掉頭走了。

但是簡世強卻沒有走。他反正走了也沒其他地方可去，而且最主要的還是他沒錢。他心底很清楚，他想要在那個家裡待下來就必定得要讓廖家人喜歡他，所以他很快便承擔起了廖博士身旁一些秘書性質的工作，也自告奮勇帶廖家那五隻狗出門散步。老實說，遛狗這件事其實應該要我做的，可是我實在討

28 簡世強：嘉義人，後改名簡文介，屬廖文毅一派海外獨立運動核心成員，曾任臺灣共和國臨時政府秘書長，後於一九七一年返台。

厭狗，光被牠們舔一下我都覺得受不了，所以有時候連廖博士要去遛狗時我也沒陪他去。簡世強不僅自願去，有時候廖博士沒辦法出門遛狗，他也會自願代替，所以廖博士也逐漸覺得他這個人很不錯。

他同時也主動接近我。一方面是因為我當時算是廖博士的左右手，一方面，可能也覺得跟我有話聊吧。那時候我郵包生意剛起步，簡君很快就看出我一定可以靠這自力更生，因此我要去採買郵包商品呀或是要打包、拿去郵局寄的時候，他常會幫我的忙。

作者與簡世強（右）、廖文毅的愛犬，攝於香港廖文毅宅邸。

拜此所賜，我離開臺灣過了一年多，終於闖出了一條經濟自主的道路。有了收入後當然不能再繼續在別人家白吃白喝啦，於是就先出了自己那一份伙食費。借住在別人家裡白吃白喝，跟付房租當房客，心情是截然不同的。我逐漸活出了一點朝氣，可是廖博士卻一日比一日消沉。當時蔣介石進入臺灣已經成為了事實，美國既然支持退守臺灣的國民黨政府，就代表他們對抗中國共產黨的基本方針不會改變，這就差不多等於是宣告了「臺灣人的臺灣」這項願景已經沒有實現的可能，剩下的，除非組成游擊隊伍，以自己的力量把國民黨政府打出去，不然就是待在相對安全的海外，遠遠朝著國民黨吠了。

如果我那時候有卡斯楚或是切．格瓦拉那樣的勇氣，我應該會選擇搭漁船或是什麼的潛進臺灣，從裡頭訴諸武力吧，可是老實說，當時不滿國民黨政府的大部分知識分子都不想用自己的力量，而想藉由外力來取得獨立，想得非常美好。我們為自己辯解，「我們已經很勇敢了」，因為那是個光逃出去反抗政府，就會惹來殺身之禍的年代，可是說真的，事實上就是我們沒有勇氣，我們只有要上不下的勇氣。也許廖博士只是沒說出口而已，或許他心底也已經感受到了他自己一路以來的奮戰，已到達了極限。

儘管如此，當時並沒有半個人覺得這場運動已經完全失敗。畢竟如果將臺灣人民從國民黨政府的暴政之中解救出來是一項天意的話，那麼當下情況，只不過是這場解救路途變得遙遠了一點而已，並不代表已經結束。前方也許遠了點，要花費更漫長的時光，但該做的還是得做，這點並沒有改變。就我而言，感覺上，那變成要承擔一輩子背負的責任了。

但當時我還很年輕，適應力很好。還記得我剛搬進那個家寄住時，還被那個叫做阿二姐的女傭欺負，洗澡時我脫下來留在浴室裡的衣服，每次都把我的跟廖家人的分開，只留下我的不洗。後來我經濟情況稍微有餘裕了，也曉得給小費的門道，從鋪床到準備洗澡水，她全都幫我弄得好好的。

說是這麼說，寄人籬下總不像在自己家裡那麼輕鬆隨意，何況還有那麼多人同時都寄住在那裡，我一個人太過隨心所欲也會讓別人不舒服。幸好我郵包生意頗上軌道，荷包以出乎意料的速度滿了起來，已經有能力自己出去租一間高級公寓了。我一說我想搬去公寓住，阿二姐馬上機靈地幫我跑了好幾家仲介公司問，很快便在離諾士佛台的廖邸不過五、六分鐘距離的漆咸圍那兒找到了一間新建公寓的一樓。房租是港幣五百元，押金則是房屋的二十倍，一萬港幣。

流亡香港將近兩年，我從一開始根本不知道自己將會怎麼樣，憂懼徬徨，到不曉得怎地，就變成了一個能在高級住宅區租公寓的人了。對一個「赤裸裸只帶著一條命出逃」的流亡者來說，真是意想不到，怎麼地就從一個幾乎身無分文的人來到了這種境地呢？真是完全超乎想像。我說我要搬出去，簡君就說他要跟我一起搬。他也沒錢，他要跟著我搬去的這個意思，就是他要從廖家的食客，變成我家的食客。不過簡君也不是個寄住在別人家裡就會縮手縮腳的人，所以對我來說，他來了我也有個方便的幫手，付點生活費完全不是問題。

有了錢後，我就開始把自己沒錢時的渴望給滿足了。以前還寄住在廖家時，每次晚飯後出門散步，經過太平洋行汽車部門口我就眼巴巴往裡瞧，欣羨地說「好想要一台這種車喔」。現下速速就訂了一輛英國奧斯丁A七〇。但我沒有駕照，於是就僱了一位叫做阿劉的司機，薪水是港幣兩百元。

那時我才二十六歲。二十六歲就住在高級公寓，過著有司機、有自家轎車的生活，就算是在香港這種瞬息萬變、一刻不能歇息的港町裡頭也不是那麼常見的。要說我心底沒有湧現一絲得意，那是騙人的，但我也不是全然的得意。我是個政治流亡分子，我沒有護照。這表示我不能離開腳下這塊土地。一個賭上了青春卻夢碎流亡的人，口袋裡就算有點錢也沒辦法走路太有風，心底總有點慚愧。

沒有新娘的新婚夜

忽然成了頭家，美夢無限

香港這個地方，一言以蔽之就是一個金錢世界。只要有錢，沒有什麼東西弄不到手。窮的時候，省到不能再省的我，一有了錢，就把能用錢買到的東西都買回來看看。

多年後我已經習慣了開勞斯萊斯、戴百達翡麗或伯爵錶這樣的奢華生活，但是當時我光是買了一台奧斯丁，就覺得自己好像已經變成人上人了。手錶不過只是從星辰錶換到了司馬錶，就覺得自己好像已經跳了好幾階級。西裝呢，就在人稱香港最棒的一家叫做Mackintosh的英國人開的西服店訂製。鞋子則去龍子行買美國的富樂紳，那時候還沒有進口TESTONI啊、TANINO CRISCI這些義大利鞋。那時代說到鞋子，就是後腳跟特別沉的富樂紳最潮了。我打扮得那麼紳士，在香港也不是那麼常見的，可是那不是我比別人更時尚，而是我過著那種無法自由的日子，整個人感覺有很多欲求無法被滿足。

我也開始在別人的邀約下去泡舞廳。年輕有錢，大家都把我捧得高高的，一些臺灣來的留學生們開始喊我「頭家」。被喊頭家，就是大家出門玩的時候要負責付錢啦。有天晚上，去了一家附近新開的舞廳叫做「古巴」，一起去的那些人每個人都配了一個舞者陪著跳吉魯巴或探戈，大家都好年輕好帥，很踴躍地下場跳舞，但我就是人家如果邀我，我也會下場跳一曲，但沒人邀我就自己一個人坐在椅子上百無聊賴地看著大家跳。

我當時臉上一定寫滿了無聊吧，因為我是真的很無聊。明明就是花了錢去找樂子的，這種時候歡歡喜喜開開心心的不是很好嗎，可是我就辦不到。我就是坐在那兒想，哎，我真是這裡面最沒人氣的一個人啊，然後悶悶等著大家玩完。終於等到了最後一曲，我開口：「結帳。」手往內側口袋一摸，這一下子，剛才那些明明都不理我的舞者們忽然一下子全圍攏到我身邊熱絡得很。大家一發現付錢的大爺是誰之後，我一眨眼之間就成了搶手貨。

出了舞廳外後，年輕人們開始抱怨：「什麼哪，看到她們那種樣子，再怎麼迷戀也要醒了啦。」可是我說，最該覺得無趣的人應該是看著大家玩得那麼開心的我吧。我再怎麼被群鶯簇擁，搶手的也不是我，而是錢。

我並沒有太沉迷於揮霍之中，因為我一直被告誡說二十幾歲時賺的錢會長腳，存不下來，於是我一直想，有沒有什麼辦法可以把錢留下來，就決定每個月只花收入十分之一的錢生活。實際上這麼執行了之後，我的收入很快愈來愈多，那時候我才剛滿二十六歲，人生經驗還不是很多，心底開始雀躍地想，我該不會正在變成大富豪的康莊大道上吧？自己現在每個月差不多可以賺一百萬日幣，我那些學生時代的朋友們不是在一流銀行就是在大藏省上班，可是上班族的薪水頂多就兩、三千塊，照這個進度，我一年後應該可以存個一千萬吧。要是再把生意稍微做大一點，想存個一億應該也不用太久？

若在三十歲前身邊有個一億，那麼將來我搞不好也可以擠身屈指可數的大富豪行列？把臺灣變成另一個國家的那場豪賭算是賭輸了，但這樣子也只好長期抗戰下去。我雖然不能變成切．格瓦拉，但我至少可能有機會當切．格瓦拉的金主吧？就這麼浮想聯翩，做著無限美夢。可惜事情沒可能一直那樣順利下去，要不了多久我就會認清這項事實。不過，那還是再晚一點時候的事。

就像我先前也說過，我荷包空空逃去了香港時，連寄住家庭的工人（也就是女傭）都無視我的存在，但等我手頭稍微寬裕了、知道了一些做事的眉角之後，大家都開始捧著我，其中又以廖家工人阿二姐對我的態度忽然起了一百八十度大轉變，為了我可以東奔西走，做什麼都可以。應該就是她去跟人家拜託的吧，就住在我們附近的一位趙太太有一天忽然來我的公寓，說要幫我找個好太太。趙太太是臺灣人，她先生是一個做英國進口布料的廣東人貿易商，她很關照臺灣來的年輕人，所以我跟廖家兄弟也去她家玩過，不過我倒是完全沒有想到她居然連太太都要幫我介紹，所以不知道該怎麼反應，當場回絕了她，我說「我這種心性還不定的，接下來搞不好還會再跑去什麼地方也不知道……」。

這一說，人正在旁邊的簡世強馬上「噯、噯」招手把我叫去了旁邊，壓低了嗓子說，「你這笨蛋，哪有人這樣講話的啊。」

我說：「不然要怎麼說？明明我就過著不知道自己明天會去哪裡的生活啊。要是有了妻小，那手腳不都被綁住了嗎？」

「這樣的話到時候丟著落跑就好了啊——」

簡君乾脆地回。

我這一聽，真是傻了，怔怔揪著他的臉瞧。我這種所謂受「日本帝國主義教育」的認真分子，還真的沒想過有這種方法呢。不過聽他一說，好像也可以這麼做噢？後來簡君一直慫恿之下我改變了心意，想說去相個親也無妨。

那時候的相親對象是一位還很年輕的幼稚園女老師，戴著一副黑框賽璐璐眼鏡，乍看下有點女學究的味道。幼稚園老師對小孩子溫柔，又有耐心，又體貼，是很不錯的對象，但我就是對那個女孩子的那副黑框眼鏡沒什麼感覺。總不能當著面說出那麼沒有禮貌的話吧，而且我廣東話也不夠溜，於是有一搭沒一搭聊了一會兒後就沒話聊了，最後我說「那有機會再一起去看個電影吧」，就此道別。

第二次相親，贈禮惹議

大概年紀也到了差不多該成家的歲數。又過了一陣子，阿二姐又找了別的相親提議來。這一次說是我之前住的廖文毅博士家隔壁那潘家的三姑娘。隔壁人家有好幾個女兒我也知道，但是對於她家的印象只有門口總是停了輛氣派的桑比姆塔爾伯特（Sunbeam-Talbot），還有她家女兒們出門時差不多要排成一個小隊慢慢走出來這樣，到底誰是誰，完全不清楚。跟簡君講起這事——

「那家的女兒不錯啊，第幾個？」他問我。

「說是三姑娘，就是第三個女兒吧。」

「第四個比第三個漂亮，不過第三個也不錯啦，就是有面皰（青春痘）。」

原來他出門遛狗時不只是遛狗，該觀察的也觀察了，我在心底讚嘆。

「不過我也不曉得還會留在香港多久——」我又開始退縮。

「見面看看又不用錢！你要是喜歡就在一起，不喜歡，就這樣子而已嘛——」我們在這邊隨口瞎聊，人家在那頭也正在聊之前住在隔壁那青年是個什麼樣的人呢。

「有個每次都帶狗出來散步的，要是那個人，我不要。」三姑娘說。

「不是不是，不是那個帶狗散步的，是那個在房子裡面鉤毛線的——」三姑娘的姑姑在旁邊說。

「那個人我沒見過，要是那個人的話，見見也無妨。就這麼成了。」

他們要我「放輕鬆來家裡玩」，但這背後的目的畢竟是那個，我也沒膽自己一個人去，於是阿二姐又幫我跑來跑去，最後之前介紹給我那個幼稚園老師的趙太太就決定要陪我一起去。

還住在廖博士家時，差不多每天都會經過隔壁門前，但是我從沒走進去過。那裡門前裝了鐵柵欄，總是關著，鐵柵欄後又養了很壯碩的巨犬，一查覺到有人就猛吠。我本來就討厭狗，尤其有錢人家的狗又感覺特別討厭。可是仔細想想，那個房子裡頭認識我的，就只有那隻看門狗而已。

按下了門鈴，女傭隨即出來打開了鐵柵欄的鎖，領著我們進去裡頭二樓的接待室。那間寬敞的接待室大概有二十坪那麼大吧，角落裡擺了一件繡了東照宮[29]風景的屏風。

「咦，這家人跟日本有什麼淵源嗎？」我心忖，站在那兒看，隨即聽見了拖鞋聲，不久，一位差不多六十歲的太太走了進來。那位就是後來成為我妻子的苑蘭的母親。

明明是來見女兒，媽媽卻反而先出來了，常有這種情況。但我覺得這種情況也不錯，因為不管再美的女人，過了幾十年後就會變成眼前這樣，到時候你

29　東照宮：位於日本栃木縣日光，是祭祀德川家康的德川家靈廟。

能接受嗎？在見到相親對象前先問問自己這個問題，將來比較保險。她母親跟我講了兩三句話後就開始跟趙太太聊起自己的女兒。

我在旁邊隨意聽，好像是說她的面皰。說她想要膚質好，所以就聽了親戚的話，去擦了什麼英國還法國的化妝品，沒想到開始長出一堆面皰，心想不行哪，又去讓醫生打針，但是沒有好轉。

聽著聽著，女兒進來了。一見臉，原來如此，的確是長了一些面皰，但也不像有些常見的高中生那樣長了滿臉都是青春皰。只是她母親擔心，我脫口而出：「面皰這種東西，結婚後就好了。」

我不是在講賀爾蒙分泌之類的，我就算想講，當時的廣東話也沒溜到可以把那種事講清楚。我只是想表達自己並不在意，結果當媽的聽了比女兒還高興。

又過了兩三天，說她們全家人要去野餐，約我要不要一起去，於是我就輕鬆愜意地去了。她搭我那輛車，我們總共開了四輛。一見面，先跟我介紹了她父親、哥哥、嫂嫂、姊姊、姊夫跟妹妹，我家也算是大家庭，但她家的陣仗可不輸我家，四輛車全都坐滿。

我們家也常全家人一起出門野餐。五月端午節，全家人去運河看扒龍船。到了中秋節，就去臺南公園找個好位子賞月吃吃喝喝，但是我是頭一次見到全家出門到了目的地後，當爸爸的開始去找樹枝起火煮米、用可攜式擴音器放音樂叫小孩子們跳舞享樂。人家常說「華僑為中國革命之母」，不過從中國去過海外的中國人，即便思想上還是非常中國，生活方式可就沾染洋風了。她父親年輕的時候也到過菲律賓，所以家庭氣氛非常開放，對於我這臺灣長大的人來說很是新鮮，真是開了眼界。

又過了兩三天，這次換我約她去吃飯了。我們去了香港島那邊一家叫做Parisian Grill的法國餐廳，回程時，我從口袋掏出了一條珍珠項鍊給她，「這是我送妳的禮物。」她回到家後，把那條項鍊給她家人看，引發了一陣騷動。

一個才認識沒多久的男人，忽然一出手就是像是香水或絲襪這樣昂貴的禮物，太詭異了，搞不好有什麼企圖吧？她上頭第二個哥哥說：「妳最好還是把它還回去。」後來她這樣告訴我。

不過有警覺的可不是她家而已。我從十三歲就離家獨立，什麼事都自己來，早已習慣了什麼事都照自己想法去做。好像別人看我是很單純的、不懂人世險惡、很好騙的。我那時候常去一位臺灣出身、香港大學畢業的開業醫師蔡愛禮醫師那邊玩，他聽我說起這一切，提醒我要有戒心──

「香港人不是那麼容易把你當成自己人，而且還是要把女兒嫁給一個好像很會賺錢的外江佬（外地來的人）。搞不好她家是有什麼原因，女兒嫁不掉，才想把女兒塞給外江佬啊──」

我問：「你說嫁不掉，譬如說像什麼樣的理由呀？」

「我可不是說你現在交往的那一位姑娘一定是這樣──」蔡醫師先這麼打

預防針，「比如說婚姻失敗又回去娘家，或是說捲入了什麼糾紛，結果身邊自然就沒了姻緣的……」

「這樣的話哪有什麼啊，我自己也有看人的眼光，而且我自己也不是個多體面的人——」我回道。

「那就好，我只是要提醒你，香港這地方什麼詭詐都有。」

蔡桑好像還是很擔心我太單純。

「現在邱桑這麼年輕又住在氣派的公寓，出入搭車，收入也不錯，搞不好人家認定你是頭肥羊呢——」

一波三折的傳統廣式婚禮

聽著聽著，覺得香港人還真是很會操心哪，頗覺詫訝。不過儘管這樣給我忠告，我還是在認識才三個多禮拜後，就在四月愚人節那天訂婚了。接著，還急呼呼地把婚禮定在了五月十日。這應該是我的性格所致吧，我是想到就做的信奉者，一想到了什麼都要馬上去做才會舒心。那時候也很風雲摯電一樣地就結婚了。後來我去了日本當小說家的時候，當時還沒繼承名諱，在業界裡的名號還叫做「小金馬」的落語家金馬老師（三遊亭金馬），手拿著麥克風來我家採訪我。我太太很機靈地從小金馬老師的問話方式中察覺出了他在問我什麼，小小聲問我說，「速成這兩個字用日文怎麼講？」。那時候還沒有インスタント這個外來字，所以我就告訴她：「就速成啊，ソクセイ。」

終於小金馬老師也把麥克風遞向我太太，問她：「太太，您跟老師一定是戀愛結婚的吧？」我太太沒遲疑，當下就回：「不是，是速成結婚。」惹來了一陣大笑。

去另一塊土地，跟風俗民情完全不同的人結婚，是一件很需要勇氣的事。

我之所以完全不怕那些麻煩，速速下定決心，是因為我還年輕，也因為我是個看不見下一步在哪裡的流亡者。現在想想，我太太那種在香港那塊土地上有那麼多親戚朋友，娘家人面又廣的千金小姐，竟然會答應我這種不知什麼來歷的小子求婚，真是膽量不小。

不過到順利結完婚為止，還真是經歷了一波三折。我太太娘家人雖然算是觀念比較開明的，但畢竟是傳統老廣，一到了正式時刻，那些一項項討人厭的傳統規矩就來了。從訂婚到結婚，還有之後的回娘家，一樣不漏，一一來要求那些煩死人的老廣儀式。比方說，訂個婚也有「過文定」跟「過大禮」這些程序，用生意話來講的話，過文定就像是簽訂臨時契約，過大禮則是正式簽約，婚禮則差不多可以算是契約實行日吧。

一決定好了過文定的日子，她家就送來了一張當天男方要送到女方家的物品清單。我現在手邊沒有那張清單，不過大概就是海鮮類的要乾鮑四斤、乾瑤柱四斤、蝦米四斤、乾魷四斤，然後還要茶葉四斤、幾隻雞呀幾十斤豬肉這樣。聘金則說收個形式而已，現在的時代也不講究那些了，不收也無所謂，不過你就準備個一千港元吧，我們到時候會以等價的東西給你。然後喜餅要派給親戚們的，你準備個一百盒給我們。不過這些東西，到時候我們不全拿，一部分會退還給你，你要什麼東西還有大概希望退多少，事先跟我們講一聲——這樣請人來跟我說。

我以為訂婚就是買個戒指給女方、婚禮就是請客吃飯，沒想到竟然這麼繁瑣，完全被嚇傻了。可是我這顆頭已經洗了，洗到一半，不洗完也不成，所以我就把錢交給在兩邊折衝幫我們跑來跑去的阿二姐，讓她去買那些必要的物品，當天幫我送去女方家。這種時候，幫忙的人最是眉開眼笑了，因為我這頭會給「利是」（紅包）、女方那頭也會給利是。好啦，當天派去的人回來了，我一看，咦，這送去的東西不是一半被退了回來嗎？既然要退，一開始就只跟我說需要的份量就好了嘛，不然我一個男人要怎麼處理這些？可惜啊，之所以沒辦法這麼簡單，一定是因為婚禮是一種秀，當然是形式主義大搖大擺、大行其道囉。

到了婚禮前一天，又有個女方要送嫁妝來的儀式。我因為要結婚，就打算請簡君搬出去，讓家裡成為一個小倆口的新家庭。我那公寓有五間房間，才搬進去不久，傢俱都還很新，我心想萬一送來的家具跟我的品味不合也很麻煩，所以就說若是要送家具，就送床好了。沒想到差點被我太太娘家人給笑死。他們廣東人的習慣是什麼東西都可以帶去夫家，就是不能帶床。

一件事情都這樣了，更何況婚事細節那麼多。因為風俗習慣不同所產生的誤會，一樁接著一樁浮現檯面。女方家之所以會要求要給這個、給那個，是因為過文定跟過大禮的時候，有些人會特地來瞧瞧男方到底給了什麼。而女方家送嫁妝去男方家的時候，也會有男方親戚朋友們來品頭論足。可是我這邊，我雙親跟其他親人都在臺灣出不來，只有我姊一個人從東京飛來參加我婚禮，然後就是帶著我去我太太家的那位趙太太會出席而已。

就在這種混亂的情況下，嫁妝送來了。趙太太打開了女方家送來的首飾盒。裡頭有我送的三克拉鑽戒跟珍珠首飾還有新買的成對純金手鐲。趙太太把那往旁邊一推，開始批評了，「你看看你看看！怎麼這麼少！還以為我們不懂，當我們笨啊——」

依照她的說法，女方帶到男方家的嫁妝，至少要相當於男方贈送的聘禮價值，這是常規。沒這樣做，就是瞧不起我們的證據。我姊在旁邊聽，也開始覺得我們雖然不懂在地風俗，但聽起來好像真的是這樣耶。其實那首飾盒裡還有她們家送來的其他鑽戒、鑽石手鐲跟珍珠首飾，只是跟我送給她的那些東西比起來，看起來遜色很多。

不過說真的，那只是我稍微有點太大方而已，並不是人家吝嗇。但一被那些嘴巴壞的女人講起來，就這個也太沒神經、那個也太看不起我們，比如說我新買的床明明是雙人尺寸，怎麼送來的床單、棉被跟枕頭就只有一套呢？淨講這些沒衛生的！

「我們不講話，人家還真以為我們好欺負咧。這種事就要在差遣來的人面前講，才會傳進他們的耳中。」趙太太這麼說。

我難以相信結婚居然是這麼勢利的事情。可是我姊受不了弟弟被瞧扁，馬上說她反正橫豎不住在那兒，就讓她來當壞人好了，便在差遣來的人面前直言不滿。

這下子，話馬上傳進了女方耳中。潘家兄弟當下大怒，在家裡大吼要不是已經對外宣布訂婚了，婚事乾脆取消！像這種情況，結婚的當事者想法是完全不被尊重的，完全是兩家人的集體能量大爆發。於是就在這麼沉悶的局面下，來到了婚禮當天，可想而知我心情差得要命。

被強行拉走的新娘

我的車頭上被披上了象徵喜事的大紅綵帶，司機神采奕奕穿著為了這一天而特地不曉得去哪裡借來的無尾禮服，把我載去了新娘家。由於不是基督教徒，我們的婚禮不是在神前交換誓言，而是去香港島這邊的註冊署，兩人在公家職員面前簽名、證人也簽名，就這樣子而已。接著在廣州大酒家包了三樓辦了婚宴。只是我那天心情一直很消沉，沒講什麼話，一直後悔自己真是不必要種下那些爭執的因果。人家說有錢就萬事幸福，我卻親身嚐到了伴隨錢財而來的爭執與不睦的苦果。

說到不睦，自從我一個人突然發了財後，最不開心的當數之前借住在廖家時，那些和我一樣借住在那裡的人了。不論哪個社會，只要有一個人特別突出，一定會惹來一些風波，我就怕這樣，所以特別小心，一天到晚請大家吃飯、約他們上舞廳等等，但那些好意並無法澆熄別人心中猛燃的妒恨。

一從決定了要結婚後，我當然就寄了帖子給包括廖博士在內所有認識的好友們，但不曉得怎麼回事，我其實有點懷疑該不會是從我家搬走的簡君搞的鬼吧，朋友們以簡君的名義代表寄了一箱面紙來我家當賀禮，但是婚禮當天卻沒有半個人出現。我猜他們大概是想藉此展現對於我的不滿。至於廖博士也只派了妻小來參加，他本人沒有露面。

儘管如此，婚宴當天二十張桌子還是坐滿了賓客。一桌算二十個人好了，二十桌就是兩百四十個人來參加。我的客人頂多加起來只有兩桌，其他全是我太太她們家的客人。一開始談到婚宴費用怎麼分擔的時候，我說：「一般是怎麼算？」，他們說：「通常都是一半一半。」所以我就說那就這樣算吧。一到了婚宴當天，趙太太一發現我只有兩桌客人卻負擔了十桌費用，馬上又說：「這又是吃人夠夠了！」但約定就是約定，婚宴一結束，我代表雙方開了張帳單金額的支票，又另外給了三百元的小費。我心想，小費大概算帳單金額一成吧，誰知道之後卻被說在香港沒人給小費給得那麼大方的啦，帳單裡頭已經包含了服務費，小費是額外多給的，一百元就算多了。

還有件事，香港的中餐廳雖然名字裡有「酒家」兩個字，但並不是賣酒，而是賣料理的地方，所以可以自由帶酒去喝。頂多有些地方會意思意思收個冰塊錢，但基本上是免費的。所以我婚宴時也自行準備了兩箱約翰走路、兩箱軒尼詩白蘭地，但是最後差不多一半都沒有開瓶送了回來。大概是因為對餐廳來

婚宴當天寫真。

說，那是客人自己準備的，又不算進帳，所以如果賓客說不喝，餐廳也不會熱情勸酒。由此來看，香港人好像也不是那麼愛喝酒。

香港婚禮還有一件事也算有點麻煩，那就是婚禮前會先準備麻將桌給賓客打牌，所以婚宴時間到了後還是遲遲無法開宴。另外婚宴進行到一半時，為了賀喜還會放鞭炮，劈啪響得讓人想把耳朵塞住。而且那鞭炮一放就三、四十分鐘，婚宴結束後我收到帳單，換算成當時的日幣差不多是三萬塊。我心想，那三萬錢要是換成硬幣還是吃的東西從高樓上往下丟，不曉得有多少撿到的人會驚喜？但這些就是當地風俗習慣，我也早有覺悟，所以還是將就忍了過去。

但就是有一種婚宴上跟在新人旁邊的能幹大嬸婆一樣的人物，叫做「大妗姐」的人非常地貪婪。那種大妗姐，就是在婚宴上幫什麼都不會的新嫁娘一桌桌敬酒，「來呀來呀不要客氣，大家喝呀」講點場面話，還有婚宴結束後，跟到新郎家去幫忙奉茶、洗新娘的腳丫子。我說如果新娘子是個什麼都還不會的小女孩那就沒辦法，可是又不是，所以我們不需要大妗姐。但我太太的母親就一味堅持，說她出嫁時也有大妗姐，所以女兒出嫁時候也要。說什麼都不聽，特地花大錢請了個大妗姐來跟著我們。

那位大嬸一看就貪財，連拿杯茶來，不給她小費還不走。我心想要是讓那種大嬸跟到我家，每次一端杯茶來我床邊就要我給她小費，我可招架不住，所以當天婚宴一結束，那大妗姐正要鑽進我跟新娘的禮車時，我就說——「可以請這個人走了吧——」

新娘子母親說：「這是我花大錢請來的椰——」

「可是我說我不需要啊——」我回絕。

「你連這點面子都不肯給我是不是——！」

新娘子母親馬上就在眾人面前哭了出來，我依然堅持不要。

這下子，我太太的哥哥們馬上團團把我圍住——「沒必要惹媽哭吧——？」

「怎麼樣？你們是想趁人多勢眾，欺負我是吧——？」

我也毫不示弱吼回去，一把就把新娘子推進車中，自己也一屁股坐在她旁邊，叫我姊姊坐在司機旁邊，立刻開車往我家。

這下子好啦，我太太是用手帕按著眼頭哭個不停，我姊則一顆頭搖得跟花邊鼓一樣，

「我反正晚點就會回東京，我也不怕人家討厭我，但我擔心你呀，你還要繼續待在這邊哪——」

車子上了渡輪過了海，朝我的公寓前進。一到了公寓前面下了車，跟著追上的我太太那些哥哥姊姊們馬上五、六個人從後面車子裡衝出來，抓住我太太的手腕大喊——

「我們回家！」

「妳要是敢進那個家門，就不要再回我們家了！」

「我以後不當妳是我妹妹了，妳真的覺得沒問題嗎——」

眾口齊聲，大呼小叫地把新娘子從我身旁拉開，押進他們自己的車中。

我站在門口等了半天，最後還是聽見了車子發動引擎離開的聲音，只好開門回去自己家。這就是我在異國迎來的第一個新婚之夜。

我下頭那個妹妹，不顧我父母親反對，嫁了個外省人。她離家出走，自己找了個媒人，辦了場沒有父母親出席的婚禮。我本來還覺得她真是沒救，現在想想，搞不好從某方面來說她其實是個很可靠的女人。相比之下，我太太真是多麼沒有信念哪。這麼一想，也不再留戀了。可話說回來，她所受到的精神打擊想必也非同小可，這麼一想，便睜著眼睛沒法入睡，一夜未寐地迎來了天亮。

再度前往日本，立志當小說家

大團圓，新娘回來了

婚禮一結束後，新娘子就被拉跑了的我，一整個晚上完全沒法闔眼，完全沒料到竟然會發生這種狀況。

最直接的原因就是我不想要那種跟在新娘旁邊，幫新娘講好聽話的大妗姐，但是我雖然不想要，也沒就真的拒絕讓她出現在婚禮上。她在婚宴上邊替新娘子倒茶水、講些沒完沒了的好聽話，邊腆著臉等人給紅包的那副噁心樣，我也忍了。

我知道在客人面前得讓他們潘家人有面子，所以那個大妗姐的嘴臉我都隨便假裝沒看到，但我就是沒辦法讓她跟來我家，從早到晚一直跟在我身旁，所以一出了婚宴場地，我就好聲好氣地婉拒讓她跟來我家，沒想到新娘子的母親說什麼「讓自己丟臉」而嚎啕大哭，連新娘子的兄弟姐妹都對我惡言相向，最後甚至堵在我家門口把新娘子拖走。

真的說老實話，也沒必要做到這種地步，可是兩地風俗民情不一樣的人一吵起架，就容易意氣用事，失了分寸。最後我一整個晚上都沒有辦法睡，一到了早晨，阿二姐得知了消息馬上鐵青著臉衝到我家。

「到底怎麼回事啊——！怎麼會搞成這樣——！」

阿二姐問，我跟她說了情況。

「我不覺得三姑娘會是那種人。那個家裡頭就是三姑娘的性情最好了！」

「她可能真的性情很好吧，可是她兄弟姐妹那種惡霸模樣！實在讓人受不了！最上頭那個大姊性子烈得不得了，第二個哥哥脾氣差得連我都知道，就連嫁進去的那個大嫂，都喊叫著什麼三姑娘，妳不跟我們回家，妳就再也進不了那個家了！真是嚇得人嘴巴都闔不起來。」

「最糟糕的就是他們爸爸啦——！」我姊從旁邊插話。「年輕人太激動吵了起來，但一家之長做父親的，難道就只能惦惦在旁邊看哪——」

「剛我去他們家的時候，老爺（對家長的尊稱）也說他自己不好。現在搞成這樣，外界觀感不好的話對於他女兒將來也有影響。你可能嚥不下這口氣，但我看我們就姿態擺低一點吧，好不好——？」

「擺不擺低都沒什麼，我根本就不覺得怎麼樣。又不是我把她趕出去的，是她自己走的，她若是回心轉意想回來，我也不會拒絕。」

「我知道你說得有道理，但他們也有他們的面子要顧呀——」

「他們要面子，我就不要面子啦！」

我臉色大變。

「有腳自己走出去，就有腳自己走回來。妳告訴他們，不管怎樣，我是絕對不可能去接她回來的！我已經好好去那個家迎接過她一次了……」

我心想，她那些兄弟姊妹們怎麼樣是一回事，接下來的事，看來只能我跟她父親兩個人之間處理了。我畢竟年歲比較輕，要我讓一讓稍微委屈一下我是沒有問題，但若看我念在新娘子的情份上而逼我單方面去接人，人家會以為我好欺負。委屈一下，當一下可欺之人，或許事情會比較順利，可是我就是不想被他們一家人看扁。

無論好說歹說，我就不肯退讓，無法可想之下，阿二姐只好去找了之前帶我去潘家的趙太太商量。趙太太也馬上趕來，可是她來了也只是多了一種雜音罷了，什麼也沒好轉。就這樣，轉眼間近午了，先前訂了燒豬的燒臘舖來說「烤乳豬烤好囉」。

「怎麼辦……」女傭跟司機都不知如何是好。

「沒什麼好擔心的，不要送過去就好了，我付了錢就沒事。」

嘴巴上說是那麼說，但我若是沒把整隻烤乳豬送去給那些昨晚來參加婚宴的女方親友，馬上昨晚發生了什麼事就要傳得滿城皆知了。他們廣東人的習俗，是新婚之夜確認過了女方是處女後，隔天早上男方就要送整隻烤乳豬去女方家。要是沒送烤乳豬，不消一會兒馬上就怎麼啦怎麼啦傳得滿天飛啦。

我說傳統上一旦確認完是處女就要送烤乳豬，那若不是處女的話，就不用送烤乳豬了嗎？也不是這樣。再婚的女性當然從一開始就沒有送不送烤乳豬的問題，但若是初婚又沒有送烤乳豬的話，那麼女方家的面子就要掛不住了。所以這一整套作法根本跟是不是處女沒關係，結完婚的隔天，就是要送烤乳豬已經成為了一種常識，若是沒送，肯定是出了什麼問題，絕對會成為好奇心的對象。

總之那烤乳豬就烤了整整四頭份送來了我家。好不容易叫人家烤好了，現在沒地方送，這下子是大問題了。從趙太太到所有來我家的人，全都非常在意，特地從東京來參加我婚禮的姊姊說——

「我當然有我自己覺得不快的地方，但這件事情，終究是你自己的事。你想怎麼做，就怎麼做。你若想去接人，就去接人，你覺得怎麼樣？」

我還是堅持：「不行，她有腳自己走出去，就有腳自己走回來！」

死鴨子嘴硬，但我心底不是連一丁點也沒想到我太太的立場。她跟我結婚的事連香港當地的報紙都登了消息，這樣有頭沒尾的結束，人家可能只會說她「碰到了壞男人」，但這碰到壞男人的污點會一輩子跟著她，不會消失。香港人一碰到了這種情況，不是把女兒嫁去美國就是嫁去澳洲還什麼遙遠的地方，不被發現、沒被傳開，就不會穿幫。

但我也不覺得事情真的已經到了完全無可挽回的局面，說起來，就是我跟她兄弟姊妹吵架，她手被抓著，抓回去她家而已，也不是她對我已經完全沒了感覺。她被夾在相處了二十幾年的兄弟姊妹跟一個只認識了兩個月、未來還完全充滿未知數的外地人之間，就算她被兄弟姊妹們拉著而跟著回去，也並非不可思議。

就這樣你一言、我一語，情況毫無進展之下，忽然阿二姐猛然一站，就走出了我家。過了一會兒後她回來了，跟我說——

「我把三姑娘帶來了——」

「在哪兒？」

「在半路上。我把她帶到半路那個轉角那邊了。」

「妳幹嘛只帶到半路？」

「你就別說了，快點去接她吧！她說想跟你兩個人談。」

我立刻就從椅子上霍然站起。沒錯，這是我們兩個人的事，原本就應該只有我們兩個人談就能夠解決。就是因為一堆亂七八糟的雜音介入，才會搞得這麼複雜。

我一個人衝出了我家。衝出了巷子、來到寬敞的金巴利道上後，馬上就看見她一個人孤孤單單站在墨爾本飯店旁，我想也沒想邁開了大步——

那時候，我們到底在飯店前面那條馬路上講了些什麼，我已經記不得了，不過說真的，只剩下了我們兩個人的時候，完全沒必要逞什麼一時之快。接下來，我就帶她回家了。幸虧這樣，那些烤乳豬終於能在最後一刻送去他們潘家，沒有浪費掉。送乳豬過去的那些男人從我這邊拿到利是，也從他們家那邊拿到利是，兩邊拿，笑得闔不攏嘴。

廚藝基本上奠定在煮食者的舌尖上

好了，嫁進來後過了兩晚，習俗上要回娘家。廣東人的女人結了婚後，已婚者有已婚者穿的禮服，要穿那個回去。大紅布料上繡滿了金銀絲線，嫁過去時帶過去，有點像是日本傳統的新嫁娘衣服，價格很高。日本人是只有婚嫁時才穿那麼一次，所以不知不覺自然演變成了用租的，但中國人是親戚結婚時也可以穿，自己婚後頭一次回娘家時，也要穿著那身閃亮亮的服裝回家去。就把它想成是穿著京劇的舞台服裝就直接衝去了祝宴場合就沒錯了。

我太太從小看慣了，所以她自己第一次穿的時候也沒覺得怎麼樣，但我心情很沉重，畢竟我才剛跟她娘家兄弟姊妹發生過那麼嚴重的衝突，而且他們回娘家時有跪在雙親面前感謝父母的習俗。跪在榻榻米上沒什麼，但中國人是穿鞋、睡床的民族，地板一般不是柚木做的就是鋪磁磚，跪在那上面多少會讓人覺得有點受辱。我又不是要跟皇帝跪求饒我一命，所以我說我沒辦法，但我太太就是一直拜託，「好啦好啦，你不要那麼說啦，你就當作是為了我跪的，那是禮儀呀。」

就我來說，我是覺得很驚訝。我太太娘家人很接受西方生活方式，對男女交際也很開明，但怎麼到了這種時候就變得這麼保守啦？我該不會是迷路進了什麼深不見底的叢林吧？我難掩緊張。我一直以為自己是在有纏足女人的臺灣家庭裡長大，跟一般日本人相比生長環境很不同，但我太太的娘家更是有過之而無不及。

不過事實上，去了之後就發現我窮擔心一場。我們一到了我太太娘家，馬上就被請進了接待室，她父母親很快進來。

「阿爹、阿媽（爸爸、媽媽）」——我太太開口喊，一邊在她父母親面前跪了下來。我總不能自己一個人站著，也趕緊跟著跪下，結果她爸媽立刻要我們趕快起來。下一秒鐘，我們已經坐在了那寬敞無比的接待室沙發上。

就這樣，我成了他們潘家第三個女婿。拜我跟他們家所有兄弟姊妹全都大吵過架所賜，他們家人全都對我很客氣，把我當成是潘家最恐怖的女婿來對待。他們潘家人很會使喚人，五個女兒裡四個都已經結了婚，所有女婿都因為人太好而一天到晚被使喚去給車子加油呀、去買今晚要看的電影票之類的，就只有我，沒人敢叫我去做那些，沒有一個有勇氣叫我去打雜。

我太太的父親名叫潘逸流，是香港與東南亞、廣東省等地無人不知、無人不曉的潘高壽川貝枇杷膏這家漢方藥廠的第五個兒子。漢方藥廠由四兒子接手，二兒子跟我太太的父親則去香港當貿易商。我太太的父親年輕時候進過黃埔軍校，是第一期學生，但他家人反對，所以休了學，有一陣子還去菲律賓工作過。身材高挑、體格很好，是個相貌堂堂的美男子，看起來不太像生意人。他二哥很會做生意，在香港非常有名，大概是受了他二哥關照有了點資產。我常被叫去她娘家吃飯，他們家光是女傭就有六個，那個時代還沒有冷氣，所以他們家吃飯是像埃及豔后那樣，有傭人拿著圓扇在你背後幫你搧風的，而且我從來沒看過我太太自己站起來去添飯。

在那樣子的家長大，我太太從青春少女時代就沒有進去過他們家廚房，別說做飯了，她連怎麼把飯煮熟都不會。嫁來我家後，我家也有煮飯的女傭跟開車的司機還有自己的轎車，沒有什麼不方便的。但就算有個能煮點飯菜的老女傭，女傭的料理千篇一律，三天兩頭就端出一樣的菜色，對我這種在講究吃食的家庭裡長大的人來說，我對於吃食有點要求，何況我是真的很希望我太太能幫忙把家裡的菜色給拓展得豐富一點。到了現在這年紀，我吃飯時如果敢不動筷子，我太太包準會攆我去外面吃，但當年畢竟新婚燕爾，我太太對我的飯菜是很用心的。她每次回娘家就會問她家廚子怎麼做菜，寫了筆記帶回來，試著在我家廚房裡重現。

她的廚藝很快便有了精進，後來我們搬去東京，我家常有一些文人墨客跟名流豪商來作客，那時候我太太就一個人擔下了料理長的重任。尤其客人裡頭以《文藝春秋》的池島信平先生對於我太太的廚藝評價最高，他每次要來我家吃飯都會吆喝一堆人：「要不要去邱飯店吃飯？」

常有人問我：「夫人的廚藝怎麼會那麼厲害，是去上過什麼廚藝學校嗎？」我總是回答：「沒有，她沒上過什麼廚藝學校，也沒跟過什麼老師，真要講，是靠她自己的舌頭學的吧。」

我的觀點是，做菜這回事不是靠手學，而是靠舌頭學的。如果小時候用自己的舌頭記得了什麼叫做美味，那麼長大後自己要煮食時，很快就會精進了。因為做出來的飯菜一旦不像舌頭所記得過的味道，那麼很快就知道哪裡出了錯，把那錯給改正就得了。

說到這，我女兒出嫁前連怎麼開瓦斯都不會，三餐全是我家廚子做的，宵夜則勞煩她弟弟們幫忙。我們這兩個為人父母的，老擔心她這樣子將來怎麼辦，但沒想到，等她自己一站在廚房裡，廚藝一下子突飛猛進，調味令人驚豔。我看她母親也是這樣，只能說是母女相傳了。

同志全走，剩自己一人獨留香港

總之，拜生長在富裕家庭之賜，我太太的味蕾被訓練得很精刁。也拜此所賜，我家餐桌很快就豐盛熱鬧了起來。只是打從我們結婚後，我的生意就一路走下坡，先前也提過，我的郵包生意一做得不錯之後，大家看了，就開始出現競爭對手，就連廖家人還有那些從廖家搬走的亡命青年裡頭，也開始看見有些人雙手提著包裹跑郵局。再加上盤尼西林跟鏈黴素的走私似乎開始盛行，本來行情最好的時候，利潤可以到達十倍，最後掉到了差不多只剩下本錢，這讓我原本做起了搞不好有朝一日能夠變成大富豪美夢的商機，明顯已經走到了盡頭。

就在這情況下，有一天，簡世強來找我了。

「廖博士要離開香港，去日本了。」他這樣告訴我。

我一聽——

「咦——？他要怎麼去？廖博士那樣身分的人，總不可能搭船偷渡過去吧……」

「聽說好像想辦法弄到了進日本的簽證。」

「那他們家的人呢？」

「總不能把不熟日本的家人也帶過去，所以他家人好像要回美國。也差不多是時候要考慮小孩子將來的就學問題了。」

「原來如此，不過似乎廖博士也沒其他更好的選擇了。」一邊點頭，我感覺心情格外沉重。

我們這群人，在二二八事件後對於國民政府的作法憤懣不已而集結到了香港，試圖尋求臺灣獨立的契機，並在廖文毅博士的指導下力求盡自己一份綿薄之力。但是蔣介石早已進入臺灣，當前臺灣的獨立契機，早已不知被往後推延了多少。今後若果臺灣真的有獨立的機會到來，那不是蔣介石政府被中共打得從這世界上消失了，就是美國基於戰略需要持續守衛臺灣的情況之下，蔣介石所率領的那批進入臺灣的傢伙全都死光的時候。除此之外，別無其他機會。這麼想，如今一敗塗地的這種情況，廖博士也只能轉換戰略，至少繼續以香港為陣地已經沒有什麼意義了。

廖博士應該也是多方思考又思考，才決定要動身前往如今麥克阿瑟將軍君臨的日本吧。就我來說，我雖然跟本地人結婚，可是我也不覺得自己會一輩子留在香港。不過我也沒打算跟隨廖博士前往日本，持續進行沒有勝算的獨立運動。毫無疑問地，把臺灣人從蔣介石的暴政之中解放出來，今後依然是我們的使命，而我也不打算說什麼好啦，從今天起我洗手不幹了，自己從來沒有跟政治呀、革命呀這些扯上過關係。我們這群人，如今就在這轉戾點上先分手揚鑣，各自珍重，今後依然是心念相同的同志，從此進入更長期的作戰吧，我這樣子勸慰自己。

廖博士出發前一天，我們這些讓廖博士照顧過的人，還有一些相識的朋友們聚集在廖家給廖博士送行。如果是我這樣在日本留過學的去日本，那還說得通，可是廖博士這樣不是日文說得特別流利的人反而要去日本繼續奮鬥，實在令人不甘。

就這樣，從事獨立運動的人幾乎都離開了香港。廖博士常以「孤掌難鳴」這個詞來說明集結同志之力的重要，而我如今只剩下自己一個人待在這裡了，總不能像小丑一樣一個人演獨角戲，要是沒有我太太還有她們家那些跟我吵架的家人，我恐怕也搞不好不會繼續待在香港。

像我這樣的浮萍，香港不過是個異鄉，但之於我太太還有他們一家人來說，香港卻是個永居地。所以即便是住在同一塊土地上，我們的心境卻是不同的，對於財產的運用也會不一樣。我自己總是覺得今後還不知道會去哪裡，隨時都準備好要動身，但我太太是個在地人，她覺得我跟她結了婚後當然也會住在那塊土地上。因此她認為有安定收入的家產運用非常重要，一心想方設法要我買房，不管怎樣都不應該再繼續付房租租房子了，而我也覺得每個月付五百塊錢房租實在有點浪費，沒什麼理由堅持不要買自己的房子。

只是到了真正要買房的階段時，我們兩個人的意見就產生了分歧。我太太熟知當地房產，她覺得最好買一棟當地鬧區的三層樓或四層樓的小小透天，自己住一層，其他的則租出去收房租。我卻完全不想住在那種住商混合

香港新居。

的樓房上，我愛看書，我想住的是那種閑靜區域，整天泡在書堆裡頭。結果到最後，我們買了當時住的那棟公寓背後的一處叫做利成新邨的有院子的高級住宅區，最靠裡頭一戶位於死巷子盡頭的十號館。

我們隔壁就是三層樓建築，但我買的是兩層樓房。之後又加蓋了一層租了出去，不過我買的當時，房價是港幣六萬塊錢，我只有三萬塊現金，所以就問銀行可不可以貸款給我三萬，銀行說尚未登記的土地建物沒有辦法做為貸款擔保品，因此問我可不可以再提供其他的不動產做為擔保？我又沒有那樣的東西，就跟我太太說了，我太太又去跟她父親說，我丈人就二話不說用他的房子幫我擔保。後日我太太的大姊得知她老爸竟然幫了我這麼大忙，馬上就氣呼呼問說為什麼就對阿蘭（我太太苑蘭的小名）的老公那麼好，他們買房的時候就沒那麼幫他們。後來我房子一登記完了，我馬上改用我自己的房子擔保，把我丈人的那份抵押塗銷。就這層面來說，我也受到了特別關照。

再多說一些，我當年因為自己喜歡靜而買了閑靜住宅區的房子，這件事算是失策。如果我當年買的是隔一條大馬路上同樣價格的房子，之後的房地產熱潮，不知一下子就漲了十倍、二十倍了。但我當年就愛耍帥，說什麼喜讀萬卷書哪，結果過了十年後它頂多還漲不到兩倍。那時候的經驗給了我一個教訓，之後我打算在東京買房時，就改看澀谷、新宿那些鬧區。我還想過最好離百貨公司近一點比較方便，所以就買了澀谷西武百貨旁邊的公寓，不過那是很後來的事了。

女兒出生、新生意受挫

買新房子搬家之前沒多久，我家長女世嬪出生了。在香港，報戶口時要同時登記中文名字跟英文名字，英文名字方面，我一開始就打算如果生女兒，就要取名為Josephine，所以沒有猶豫，但是中文名字我就想了很久。拿破崙的妻子約瑟芬如果音譯為日文漢字的話，是「如世賓」。把「如」去掉，只剩下「世賓」的話人家會搞不清楚是男的女的，所以加上一個女字旁，把「賓」變成「嬪」的話一看就知道是女孩。

可是這麼一來，這「嬪」字卻又是嬪妃的嬪，怎麼辦……，哎呀算了，就嬪吧。就這樣，中文名字就取成了世嬪。世嬪用廣東話發音的話，講成「Sai-pan（音似賽邦）」，所以小時候人家都叫她賽邦、賽邦。來了日本後，還是這麼叫，到了今天大家還是喊她「小賽

與抱著長女「小賽邦」的妻子攝於自宅。

邦」。

小賽邦，也就是我家長女是在一九五二年十二月二十一日，出生於香港島聖瑪麗醫院，就是電影《生死戀》[30]裡頭那家醫院。那家醫院採全責照護，不准家屬陪，所以我太太一住了院後，她丈夫我還有她所有家人都被從病房裡趕了出來。後來我接到通知，說「生了個女孩唷」，馬上坐車搭上渡輪趕去香港島。一衝進了醫院後，護士立刻就把小孩從嬰兒哺乳室內抱來，讓小孩躺在母親的臂彎裡睡覺，那就是我跟我女兒的初次見面。

在醫院時沒注意，抱回家後一看，發現剛出世的女兒脖子上有塊地方稍微紅紅的。隨著孩子長大，那個部分愈來愈大，很明顯是一塊痣。我們另外聘了個女傭來照顧她，那女傭怕小孩子手腳亂動的時候肚子露了出來，所以就用別針把尿布跟嬰兒服別在一起。我女兒腳一動，被別針別住的嬰兒服就跟著被拉扯，每次一拉扯，嬰兒服的領口便去摩擦到了那塊痣，痣的表皮就被摩破了。

通常皮膚摩破了皮會自然痊癒，但那是一塊痣老是摩擦之後就發炎。我太太嚇一大跳，趕緊帶去給醫生看，打了盤尼西林，但是打了三十針了傷口還是沒有癒合。

那一陣子，我的郵包生意已經沒救了。從香港寄去日本的那些貨，大多都已經有了商社加入競爭，中小貿易公司也經手的商品慢慢賺不了錢，我心想既然如此，乾脆改賣容易在香港賣掉的日本商品好了，所以有一陣子也經手日本製底片，但是很難變現，好不容易變現之後連手續費都不划算。所以有一陣子，也跟我岳父借了他店舖的二樓，從歐洲進口了一些工具來販售，不過那生意也做不起來。我只能說，我雖然看似有在戰後那混亂的世局裡做點黑市商人的小本事，卻畢竟沒有真正的經商才華。

30 生死戀（Love Is a Many-Splendored Thing）是一部上映於一九五五年，以香港為背景的美國電影。

既然這樣，雖然很任性，但我就覺得香港這地方不適合我住了。一個從早到晚就只有錢、錢、錢，除了錢什麼都不在乎的城市裡，連錢都賺不了的人是很沒用的。我開始認真考慮要不要搬到別的地方。只是我又沒有護照，又對臺灣政府揚起了反旗，也不可能回去臺灣，既然這樣，乾脆不要住在這麼雜沓的九龍市街，搬去稍微郊外一點的新界沙田那裡，買點土地，開始種木瓜好了。所以那陣子，也跑去沙田看過好幾次土地，因為有人跟我說日本人進口了一些很硬的美國牛肉，缺乏料理時可以幫助肉質軟化的木瓜酵素。

沙田那邊，如今已經變成了一個有五十萬人口的大型郊區都市，但在當時，還只是一大堆田，田裡的農家們都還在用煤油燈呢。不過我到頭來還是沒有自信能當個務農老百姓，結果就放棄了經營果樹園那條路，要是當時我在沙田買下一大片土地，那麼光靠土地後來漲了這麼多，我搞不好已經變成了香港數一數二的土地暴發戶了。我一這麼說，我太太就笑，「你個性那麼急，你哪忍得到土地漲那麼多的時候啊，你光看漲一點，就等不及要賣啦，你就算當時買了一堆地，你現在還是不會發財啦。」這樣講完全不信我。

我既然不想住在香港了，就想了三個離開的選項。一個是跑去印尼西部的蘇拉威西島經營咖啡園，一個是去婆羅洲採集近海的馬蹄螺，弄成貝殼釦的原料出口到日本。最後一個，則是放棄這些我根本完全外行的冒險，回去我熟悉的日本，想辦法找個能做得成的工作。東想西想、迷惘了一陣後，最後決定選擇最後一條路，但我竟然會變成一個搖筆桿過活的人，這當時還真想像不到。

郵包的生意不行了之後，我就找我東京的姊姊商量，看有沒有什麼是我在東京做得成的。我姊夫以前還是次中量級冠軍時，曾經在夏威夷跟洛杉磯住過，他在夏威夷當地有很多日僑二代的好友。那些人戰後常來日本玩，也會進出駐日盟軍所在地，他們就建議我，不如在相模原市蓋一些針對駐日盟軍的有冷暖氣跟水洗馬桶的住宅怎麼樣？我說好呀，我很想做這門生意，我會準備好一千萬日幣左右的資金，麻煩我姊幫我找土地。很快他們就找到了一萬坪的土地，說一坪三百日幣，全部三百萬日幣，怎麼樣？我馬上回覆說好，請他們立刻幫我買，但沒想到，一回覆完了就沒消沒息了，原來是我舅舅不曉得從哪找到了個收購口香糖工廠的機會，我姊姊跟姊夫一聽，立刻一頭栽進了那筆生意，無暇顧我。

在那之前沒多久，香港人已經可以因為商務目的進出日本。我沒有護照，不過香港政府也為沒有護照的人發行了一種叫做身分切結書的身分證明，可以代替護照，搭機或搭汽船去日本了。

懷抱小說家之夢前往東京

於是我開始差不多三個月就跑一趟日本。時間多得不得了，所以就常選擇搭船而不是搭飛機。又由於我那時候也不覺得自己會突然之間變得落魄，所以常常搭美國總統輪船公司的商務艙。一個二十幾歲的人搭乘船上最貴的艙等，大家都以為是哪裡來的王子一直猛瞧。每次去東京，我最常跑的地方就是從前的老窩——東大經濟學部的研究室。有次去看事務主任太田的時候，聊起了從前東大社研的那些朋友，他說：「最常回來的就是你啦，其他人幾乎都沒來讓我看一下。」那時候日本國內還是個大家生活都很辛苦的年代，學者們的生活又特別苦。

每次要從東京回香港前，我就先衝去書局買一大堆新書，畢竟要打發掉在香港的那兩、三個月無趣的時間。那時候也買了《文藝春秋》、《ALL讀物》跟《小說新潮》。那時不管翻開哪本雜誌，一定會在目錄上看見檀一雄的名字，我其實在大學時代有過機會認識他，但我那時候性格隨便，也沒去找他，所以也就失去了認識的機會。很顯然，這個人後來變成當紅作家了。我那時候還沒想到自己居然也會變成小說家，更沒料到之後會在檀一雄先生的幫忙下出道。

開始常常這樣從香港跑去東京旅行後，有一天，我在東京遇見了王育德。他在我幫忙下從香港搭船偷渡回到東京後，在原本唸的東大文學部中國文學科復學，很快就從同一個學部畢業後留在了倉石武四郎教授的研究室。聽他說，他在東京安頓了下來後，就把留在臺灣的妻女給接過去，用觀光簽證入國，家族三人一起過日子。但觀光簽一次只能待兩個月，雖然可以延簽兩次，但頂多只能待六個月就不能再延了。他自己一樣還是非法居留，所以他想，要是去自首，從政府那兒拿到了居留權，那麼他妻女自然就可以跟著留在日本了，於是就跑去了警視廳自首。但是沒想到他的案子一被送到了法院，一審、二審都判他「強制出國」。剛好就在那走投無路的當下，碰到了我。

「要是有地方去的話，我也不用留在日本，我就是沒有地方去呀——」王育德很真切地說。

我也附和：「我們臺灣人之前還是日本人，但戰爭一打完忽然說，你們從今天起就是中國人了唷，不能待在這裡了，這教人如何是好啊——」

我說：「你只是要他們讓你留在日本，也不是要他們國家你，不過就是讓你留在這兒住到臺灣政局穩定了下來嘛。法官要是了解情況，應該也會通融的，不然這樣好了，我幫你寫封陳情書吧——！」

我當晚就徹夜寫了一篇五十張稿紙左右的文章，題為〈偷渡入國者手記〉，以寫給法官的書信體為形式。

結果那篇短篇後來就變成了我的處女作。我拿著那些稿子，去找住在阿佐谷的前臺灣《日日新報》學藝部長的西川滿先生。西川滿先生從臺灣回日本後，不時在《KING》或《講談俱樂部》等大眾雜誌上發表作品。我認識的人裡，唯一跟報章媒體有些關係的就只有西川桑了。

我跟他講了情況後，問他有沒有什麼雜誌可以讓我刊登那篇作品？他回我一般商業雜誌不是那麼容易讓你刊登稿子，但他參加了長谷川伸先生一個叫做「新鷹會」的小說切磋團體，他們每個月會辦一次研討會，他可以幫我在那邊朗讀我那篇小說給大家聽，問問大家的意見。

於是我就先回去香港。我一回到香港，西川老師的信就跟著來了。他說：「在新鷹會介紹了那篇作品後，大家問我幫你改了多少，我說我完全沒改啊。山岡莊八老師跟村上元三老師都說你搞不好有才華，很是激賞，我們決定把你那篇作品刊登在新鷹會的雜誌《大眾文藝》上，恭喜你了。」信上這樣寫。我沒想到事情居然這樣順利，很開心，馬上通知了王育德這個好消息。王育德便把出刊後的雜誌帶去開庭，當成參考資料交了上去。我自己也不曉得我那篇文章到底有沒有幫上一點小忙，王育德跟他家人後來在最後一審時拿到了居留權。他後日當上明治大學的教授，拿到了文學博士學位，終其一生獻身臺灣獨立運動，但那又是後話了。

我寫了信謝謝西川滿先生，西川桑建議說要不要挑戰一下文藝春秋的「ALL新人杯」，去試試實力？那時候香港買不到日本的稿紙，所以我問他可不可以幫我寄點過來，結果他就寄了滿壽屋的稿紙來，說「這是川端康成跟坂口安吾那些大作家愛用的稿紙」。我便用那些稿紙寫了一百張〈龍福物語〉（後來更名為〈華僑〉）寄了過去，最後那作品從九百好幾十篇的投稿作品中脫穎而出，進入最後五篇決選作。我有個大學時代的朋友哥哥剛好在文藝春秋上班，說有人從香港用專業作家用的稿紙寄作品去，初選時被記者們注意到了，留到了最後一關。這事真假不知，但山岡莊八老師與村上元三老師之前也稱讚過我搞不好能寫，而寫來試實力的第二篇作品，又從九百好幾十篇中殘留到了最後五篇，難道我還真的能寫？莫名奇妙有了點自信。後來那篇作品雖然獲得尾崎士郎老師與小山系子老師賞識，但剩下的三名評審投下了反對票，最後沒有被選上。

剛好那陣子，我女兒脖子上那顆痣惡化得很嚴重，醫院說沒辦法讓小孩子打更多的盤尼西林了，於是開始改跑大醫院看放射診療科。我的醫生朋友勸我：「香港醫生只想賺錢，對治療痣沒興趣，你們還是去日本治療比較好吧？」

於是我寫信給在東京的姊姊，問她可不可以幫我找醫生。我姊也到處託人，最後打聽到了一間原本的海軍醫院，當時第二國立醫院（現在的東京醫療中心）的放射科山下醫師是痣方面的專家。我請託了醫生朋友幫忙轉介，結果山下醫師回覆我治療至少要花一年，如果我們願意帶來東京看，他願意接這個病人。我女兒那時候才一年三個月大，她那個問題再放任下去，深至頸動脈就糟糕了。我們真心擔心她那情況不趁年幼時趕快治好，等她長到了青春期恐怕要怨恨父母。

治療我女兒的痣，便是我重回日本這塊土地的首要目的。但我其實私心還有個第二目的，是受了「那個人搞不好有點才華」那句話所刺激，自滿地覺得搞不好自己還真的能當個小說家。我去日本總領事館說想回日本，不知道可不可以給我居留證。副領事一發現我是東大畢業，對我很客氣，我又說我在日本公司擔任董事，給對方看了我姊夫那間口香糖公司的登記謄本，對方說那這樣我們可以給你一年簽證，便在我那張香港發的身分切結書上蓋了章。

就這樣，我離開住了六年的香港。把原本住的房子租出去，打算在日本能靠當個小說家維生為止，就靠那份租金過活。一個人隻身什麼也沒帶地逃去了香港。要離開時，卻是有妻有女一家三口。我們一家人就在我太太的父母親與兄弟姊妹的送行下，於九龍碼頭搭上了法國郵輪公司的越南號。一九五四年四月，在日本，正是櫻花散落的時期。

後記

要我講述自己的過往人生，實在有點提不起勁，因為我永遠都看著前方生活，不然就是在預測還不可見的將來、思考新的事業又或是開展新的生活模式，對這一切懷抱難以言喻的喜悅度過每一天，這樣子活過來的。

相較之下，過去卻是已經結束了。既已結束，一天到晚還惦記著，人生萬事都會消極，什麼都做不了。聽說鄧小平被人要求揮毫時，總喜歡寫下「樂觀」兩字，我感覺我應該很能夠體會他的心情。人生面對堆積如山的難關尋求突破，要是抱持悲觀主義，應該活不下去。交朋友也是，如果一個人一天到晚總跟懦弱的人在一起，自己也會變得有氣無力。但如果身旁全是一些顧前不顧後的，失敗時要做對策時容易出紕漏。所以我覺得選擇朋友時應該也要找兩個性格軟一點的朋友、八個剛強一點的，這樣子剛剛好。

我這樣一個人，之所以會在去年一九九三年開始寫起自己的「青春紀錄」，是因為去年要在中央公論社出版《中國人與日本人》的時候，提及了自己的出生祕密。其實那在我家根本不算是什麼祕密，但我自以〈偷渡者手記〉進入文壇後便沒有公開我母親是個日本人這件事。畢竟我自小就以臺灣人的身分長大，在成長過程中經歷了太多因身為臺灣人而遭到的壓迫與歧視，也一直寫文章抒發這些聲音。有些人覺得我保留自己的出生祕密、沒有公開，是考量到我自己的方便，但那正巧相反。在日本，一個不是日本人的外國人要在文壇上立足絕對是比較艱難的，而我選擇了艱難的路走，這四十年來，就靠著一隻筆，一筆一筆走出我自己的路。

現在我已經有了日本國籍，也是個日本人了，所以其實已經無所謂，但中央公論社的嶋中鵬二會長就很在意我的出生祕密與我文章之間的關聯，一直慫恿我寫，我也拗不過他，便在《中央公論》雜誌上連載了〈我的青春臺灣〉，之後又跟著連載〈我的青春香港〉。絕無任何自豪，但我的人生只不過是因為出生在臺灣人家庭，便跟其他同年代同學們有了如此天壤之別，我只希望讀者們能看見這一點。

本書能有幸以此形式付梓，要多虧了嶋中鵬二會長、《中央公論》的總編宮一穗先生、取材編輯部部長岡田雄次先生、同部門次長江刺實先生、文藝部部長平林敏男先生、開發局第二編輯部部長橫山惠一先生以及同部門的並木光晴先生諸多鼎力協助，謹在此表達感謝之情。

一九九四年六月

寫於馬來西亞蘭卡威

我的青春臺灣，我的青春香港
わが青春の台湾 わが青春の香港
作　　者　邱永漢
譯　　者　蘇文淑
副總編輯　黃少璋
特約行銷　黃冠寧
封面設計　蕭旭芳
排　　版　宸遠彩藝工作室

出　　版　惑星文化／遠足文化事業股份有限公司
發　　行　遠足文化事業股份有限公司（讀書共和國出版集團）
地　　址　231 新北市新店區民權路 108 之 2 號 9 樓
郵撥帳號　19504465　遠足文化事業股份有限公司
電　　話　(02)2218-1417
信　　箱　service@bookrep.com.tw

法律顧問　華洋法律事務所 蘇文生律師
印　　製　成陽印刷股份有限公司
出版日期　2024 年 12 月初版一刷
定　　價　380 元
I S B N　9786269898770

我的青春臺灣，我的青春香港 / 邱永漢著；蘇文淑
譯. -- 初版. -- 新北市：惑星文化，遠足文化事業股
份有限公司，2024.12
　面；　公分
譯自：わが青春の台湾
　　　わが青春の香港
ISBN 978-626-98987-7-0(平裝)

1.CST: 邱永漢 2.CST: 傳記

783.3886　　　　　　　　　　　　113017482